浙江少年文学新星丛书·第六辑

海飞 主编

有风飒然而至

潘王轩 著

吉林文史出版社
JILINWENSHICHUBANSHE

图书在版编目（ＣＩＰ）数据

有风飒然而至 / 潘王轩著． -- 长春 ：吉林文史出
版社，2019.11（2022.2）

ISBN 978-7-5472-6704-2

Ⅰ．①有… Ⅱ．①潘… Ⅲ．①中国文学－当代文学－
作品综合集 Ⅳ. ①I217.2

中国版本图书馆 CIP 数据核字（2019）第 253971 号

有风飒然而至

YOUFENGSARANERZHI

著　　者：潘王轩
责任编辑：柳永哲
封面设计：四川悟阅文化传播有限公司
出版发行：吉林文史出版社有限责任公司
地　　址：长春市净月区福祉大路 5788 号　　邮编：130118
电　　话：0431-81629363（总编室）　　0431-81629372（发行科）
网　　址：www.jlws.com.cn
印　　刷：三河市嵩川印刷有限公司
经　　销：全国新华书店
开　　本：210mm×145mm　1/32
印　　张：7
字　　数：154 千字
版　　次：2020 年 1 月第 1 版　2022 年 2 月第 2 次印刷
定　　价：36.00 元
书　　号：ISBN 978-7-5472-6704-2

印装错误可与印刷厂联系退换。

潘王轩

　　2002年出生，先后就读于浙江省嘉兴市海盐县向阳小学、海盐县博才实验学校，现为元济高级中学高三学生，曾被评为"浙江省优秀少先队员""海盐县读书之星"，现为浙江省青少年作家协会会员。曾在《小爱迪生》《作文大王》《新作文》《读与写》《少年文学之星》《少年作家》《创新作文》《飞过流星雨》等全国报刊书籍上发表习作。创作的作品曾在"语文报杯"全国中学生作文大赛中获全国一等奖（现场决赛）、二等奖，"中版国教"杯第二十一届全国新概念作文大赛入围奖等，另有20余篇作品在各级各类比赛中获奖。曾在海盐广播电台录制"空中家长学校"阅读专题节目，喜欢阅读、写作、弹吉他、说相声、听音乐、看电影、写影评、英语演讲等，爱好广泛。

参观复旦大学

荷岸小憩

参加中国日报社英语演讲大赛

4

在家弹吉他自娱自乐

乡间撒欢

与同学表演双簧（博才迎新元旦会演）

参观南京博物院

登上鸣沙山

"花海"散步

十里荷香

觅得一隅宁静，只为书香

参加拓展活动

参加全国"语文报杯"现场作文赛

英语课演讲

与诗人李平合影

与美国伊利诺伊大学香槟分校赵惠民教授合影

内容简介

  这是我的第一本集子，这里有我少年时代的心路历程，有校园中看似平淡无奇的往事，有一时头脑发热的胡思乱想、奇思怪想，或是有感而发的人生感悟和对亲情、爱情的思考。少年心性，流泻笔端，也许幼稚，也许浅薄，但面对这些赤诚到灼热的文字，伴随我曾经的脚步，历经一段心灵的少年游，你定将不虚此行。

  既为集，则文体颇杂，小说、散文、杂文、诗歌皆有选取，自以为写作就是不断成长的过程，这些或可笑、或可悲的尝试贯穿了我的整个中学时代，亦可作为日后回望时的路标，提示许多往事在何处埋葬，又有多少回忆在何处珍藏。

目录
CONTENTS

小

说

感谢那个为我提灯的人

——写给所有曾助我的恩师

一

在我们这地方，真正的文化人并不多。

在街道上听到些年轻人讲话，话题自然不出游戏和八卦，现在的学生也更是这样。

那便说些中年人，像父亲这般年龄的人，大多有了收入稳定的职务，也都养着学业紧迫的儿女，早已无了年轻时的锐气，也便发起福来，一个个俗不可耐，和我心中的文化人相差甚远。

老年人就不必说了，这儿年过花甲的人识字率太低，文盲，一抓便是一大把。

夹在中年和老年之间，老秦便显得尤为突出，甚至可以说是凤毛麟角。

二

老秦是我们的语文老师。

第一次见到他时，是个秋日，我们正趴在桌上写作业，欣喜地享受着凉风的吹拂。

在秋阳的映衬下，他出现在教室门口，一件条纹的浅色衬衫，一条烫得笔挺的西裤由一根旧而发亮的皮带牢牢束在腰上，挺拔地站着，显得腿细而长（在以后的许多日子里，我都可以看到他以这样的姿态行走在秋日的校园）。这几乎成了他永不改变的象征，甚至于后来他调走后，我已忘却了他教授的语句，可那秋日下笔挺的身影却常常闪现于脑海，叫我永不能忘怀。

他走到讲台边，清清嗓子，我才看清他的面容有些发黄，鼻梁挺拔，留着帅气的"三七分"。

"同学们，自我介绍一下，我姓秦，名木良。"

他在黑板上潇洒地写下姓名，一脸严肃，带着一股和本地土语不同的南方口音。

"请大家翻开书本。"

三

老秦的做派严肃，这也颇使我们不习惯了几日，但又渐渐觉出他的可爱来。

他的课堂总显出庄重，可也不会使人紧张，倘是有人忍不住想要小睡一会儿，他也并不会严声责骂的，顶多用手抚抚那学生的背，半开玩笑道：

"这位仁兄又睡矣！"

此刻，便能引得全班哄堂大笑。玩笑亦能开得文雅如此，真是令人敬服了，再加上他平日也总能吟诵出好些名句，举出好些名人，有些甚至连比较"博学"的我亦闻所未闻。

只可惜在初一的那些日子里，在大好的秋叶泛红纷纷落下的时节里，我始终只是骄傲着，有这样的"学人"老师，却从不曾亲近他，这也使我后来追悔莫及。可转念想来，在以后的路途中，他所使我知晓的，使我获得了我将永存一生的爱好，除此之外，还有什么使他更让我铭记呢？

四

老秦真正注意到我，是一年之后了，那时徐泽清已经颇有些冷淡我，再加上由于钱菱所带来的感情上的痛楚，我竟然性格大变，有了几分忧郁的气息，也终于从玩乐中脱出身来，重新拾起稿纸，写出些干净的文字。

老秦便是在这时，翻开了我新写的作文。

那日，徐泽清跑去他那补交作业，回来时对我说：

"秦老师叫你去一趟。"

说完，他便闪到一旁的人群里。我站起身，很无助似的撑着桌面。那时已经是深秋了，那些日子的孤独使我刻骨铭心，使我开始怀疑一切事情。我转过头去，窗外的走廊上落满了秋末稀疏的阳光。

老秦坐在办公桌前，桌上用白瓷杯浸了一杯绿生生的茶，很鲜活。

"林羽，你来了啊，坐下吧。"他面带微笑。

"唉。"我小心翼翼地坐到塑料椅上，心里有种未知的恐惧，可老秦的微笑又使我宽慰。

"是这样的，县里有个征文比赛，上头叫我选几篇好些的文章，送上去。"

他从一边拿起一本本子来，翻开。

那是我的作文本。

"我觉得这篇不错，你把你的心情变化写得极为生动。"

他翻了几页，指着我新作的文章讲起来。

"只是不知道你愿不愿意。"

他合上本子，抬起头看着我，我这才发现他确实是帅气。大概是暖气的缘故吧，他平日里姜黄的脸竟泛出些红色来。

"嗯……好的。"

我有些受宠若惊，竟因激动一下子站起身来。

他呵呵地笑了笑，把本子递给我。

走出老秦的办公室，我霍然地发觉到天的宽敞，天空仿佛素洁了许多。

我翻开那本作文本，它在风中摆动着，一页页，都被老秦细细批改过。

我翻到最后一页，重新读了一遍文章的结尾，也受了自己的感动，一瞬间，感到自己拥有不可比拟的才华。

文末，有着一行工整秀气的行楷：

"改成电子稿交来。"

五

在我的初中时期，老秦的出现确实使我于自卑的阴影中发现了希望，使我不再感到卑微。每每徐泽清戏弄我丑时，我也不会再过分失落了，在钱菱面前走过时，也有了些底气，不必再把头压得低低的，做贼般心虚似的溜过。

老秦确实改变了我，但他自然不知道。

那日他来上课，附了一张奖状来。

"上次的作文比赛，"他顿了顿，把手中的讲义放在讲台上，"我们班的成绩不太理想，希望同学们端正态度，也不能有任务观念。写作文，应当是件快乐的事。希望同学们能体会到这其中的乐趣。"

他便干脆丢下书本，讲起作文来。他说："写作文是和自己的心灵对话，是一种高尚的感情抒发，不会写作文，就是不会和自己对话，也便是压抑着自己的性情。既然这样，那么完全虚构的故事是难写好的，因为你没有丝毫的情感。"

接着他又讲述了一些作家的例子："譬如曹文轩，他江苏的家乡便是他写作的无尽源泉。"

我坐在位子上，听得直冒汗，想到从前对待作文的敷衍，真有些惭愧，好像这之前我从不曾写过作文一样，心里空空的。

但他又很快给了我希望："我觉得写作是需要感觉的。同学们要善于抓住身边的小事、细节，用心品味，是能够写好文章的。"

他又讲之前有的学生动辄就写"汶川大地震"，他极讨厌这类文章。

"你经历过吗？你被埋在废墟下过吗？既然没有，那你的文字就是不真实的。写作文，'真'很重要。"

最后他说："林羽上来一下，这是你的。"

我愣了一下，有些没反应过来，很呆滞地"哦"了一声，愣愣地在全班同学的目光下走上讲台，接过奖状。

我感到钱菱的目光在我面前闪了一下，但我却不再有往日那样欣喜的感受了。

老秦走后，我总感觉他那浑厚的嗓音依旧环绕着我。

六

寒假过了之后，日子突然一下子松懈下来。虽然人们身上仍是包裹着厚重的棉衣，但是人间已有了些萌动的势头，冬日萧瑟肃杀的威严已经伴随着连绵的春雨化去了。三月的江南小城也渐渐显得轻盈、窈窕起来，恰似豆蔻少女般的羞娇，又将妩媚深深蕴藏。

过了个年，人们似乎都白了些，也胖了些，叫三月的轻风一拂，都颇有些意气风发。

"林羽，你这个学期说不定考不过我了，上学期我文科全线崩塌，都和你一分不差。"

徐泽清那会儿已经不再和我有误会，那所谓删他QQ的事，至今我也不曾弄清，他对这事也不再提及了。

杨涵玉却依然是这副德行：

"我走进职高，因吹斯厅（interesting），哈哈哈……"

我也懒得理他，忙着交作业。

只有钱菱不太多说话，她是个矜持的女孩。这个年，她过得很好，从她白里透红的脸色便可以看出。

我翻开写得满满当当的三本作文本，心里油然而生了浓浓的优越感。

在同学们的惊讶声中，我把它们交了上去，我望着它们混入课代表手中的一大沓本子，心绪也随着它们拉得很长。

……

大约一周后，我去班主任处汇报工作（那时我已经是副班长了），说完正准备离开，一旁的老秦忽然叫住了我：

"林羽，你的寒假作文写得不错。"

我转过身来，心里微微漾出些笑意。

"不过，"老秦随手拎起一个水壶，往杯中倒了些开水，滋滋地冒着热气，"就是太长了些，下次最好稍简洁点。"

他把水杯放在桌上，那也便老实下来，静静地躺伏着，乖巧而温顺。

"对了，要多写些自己的体悟，光有文笔也是不行的。"

他拍拍我的肩，道："林班长，去吧。"嘴角漾出一个帅气的笑。

走出办公室，我感到有些失落，但他确实是对的，在写作方面，我还有许多该学习的，也有许多未知的境况不曾面对。

烟雨中朦胧的校园，缀起点点新绿，又闪过星星殷红，使我想到水色的墨影，很好看。

我在走廊上穿行着，细密的雨丝不时落在我的衣服上、脸上，凉丝丝的，竟使我又拾起希望来。可不是吗？春天又将来了。

七

老秦和我的故事，到此若结束了，那便是个美满的结局，可人世间的事从来就不会如此简单的结束。换句话说，倘若不复杂，也不是人间了。

就在我们初二的最后几日，老秦在把我们送进考场前宣布：

"我要去美国一些日子，去看我儿子，大约下个学期开学前能回来的。"

问他出发时日，他答：

"今天下午。"

他再也没有走进这个教室。

下午考完英语，从考场下楼来，正遇上科学老师，他冲我说："你们秦老师要出发啦，快去送送吧！"

"哎！"我捧起书，一路狂奔，不知一路上撞上了多少人。我挤下楼梯，来到升旗台下。

果然，在不远的地方，有一个挺拔的背影，一个身着淡红衬衫、卡其西裤的挺拔影子。

我没有追上去，心中的怯懦使我停步。

我看着他，背着旅行包，一步步向校门外走去，孤零零地，恍然间天地也小了，仿佛这世上，也便只有这人影了。

我站着，天空中飘着细细的梅子黄时雨，雨丝被风拉得细长，柔软地贴到身上。

他没有停下，更不曾回头地走着，踏过六月湿润的土地。

我竟意外地感到他的瘦削。在灰蒙的天空下，他的影子格外纤细。我想到他在我不认真时教训我的严厉模样，想到他笑着给我们讲解作文，想到他拍打我的肩膀叫我"班长"时的笑，我的眼睛模糊起来，心里一阵发空。

影子消失了。天地又空旷起来，显得苍白。

我掩住面，无声地哭了。

那时，正是我15岁的黄梅，杨涵玉他们天天奔跑在球场，汗淋淋的；钱菱总用一种极忽闪的眼神来看我，她真像个孩子，吴忻怡便去闹她，和她你推一把，我推一把的，咯咯地笑着，笑着……

我开始往回走，教学楼上，灯都亮起来了。

八

后来我就不曾见过老秦，尽管他走时说会教我们到毕业，可

是这人间的承诺，又能有几句兑现呢?

听班主任说，他是调去了别处，像是升了职务。

那次"离别"后，倒也奇怪，我不再对钱菱很是在意了，和杨涵玉之间，也生分起来。

细柳树

一

我在育才中学上初一的时候，吴青柳正是初三。等到我上初二的时候，他却没能够升入高中部，成了为数不多的中考落榜生。

关于辍学，他家里人倒也没说什么，就好像是入秋的头场霜——总要来的。吴青柳自己也没有一点儿失落，和我一起泡了一个暑假，于是风风光光地干活去了。

走前，他显出一副老大哥的样子，满不在乎地冲我说:

"读书有什么好，早点干活去赚钱才快活哩! 以后缺钱用，找青柳哥!"

"嗯。"我总觉得他已经比我高出一头，已经和我不一样了。

"好了，你回去吧。你们明天也要开学了，你总还有事要做。"

说罢，一撇腿上了电瓶车，朝我挥挥手，去了。

那时正是夏末的清晨，阳光轻柔地掀开了一角天空，满落在他家门前的那株细柳上。

看着他的背影消失在街市，我总觉得这株柳树的故事还未结束。

二

这柳是吴青柳出生时他的父亲种的，如今吴青柳已经长大成人，可这株柳还是细柳，细得惹人怜爱。

吴青柳爱这棵柳树，就和爱他自己是一样的。从某种程度说，吴青柳爱这棵柳，胜过爱他自己。我们两家一直是邻居，我们又从小一起长大，可吴青柳从没允许我靠过这株柳或是揪下一片细小得微不足道的柳叶，一次都没有。哪怕是抚抚枝条，也要在征得他的认可后，在他的监督下进行。要是哪家的孩子不识相，动手动脚的，吴青柳绝对会和他玩命。

我9岁的时候，一个新搬来的外地小孩折了这株柳的半根枝条，正巧被我和吴青柳撞见。他就立刻丢下我，冲了上去，揪住那小子的衣领，一副拼命的架势。不想那外地人力气挺大，一挣便将吴青柳甩开，嘴里嚷着：

"不就一棵树吗？有什么的！"

这句话再次激怒了吴青柳，他像一只争偶的公鸡一样，一跃而起，向那人扑去，样子极凶狠，孩子都胆小，禁不住吓，那小孩便没命似的跑了。

第二天，我在放学路上又遇见了那个小孩，他满身是水，活像一只滚了泥的哈巴狗。不久，他们家就搬走了。

后来，我才知道，那天吴青柳埋伏在那小孩回家的路上，将他连人带书包推进了臭水沟。

三

由于课业，我一连好几日没能见到吴青柳，再次见到他，他已经和我从前的青柳哥大相径庭了。

那日正是中秋放假，晚上我胡乱填满了作业，想着去找他打一副牌，便往外走。

初秋的夜晚很静，但今天显得不同，走出门，我就听见吴青柳家有动静，便轻手轻脚地走过去，猫着腰躲在墙外的阴影里，扒窗根的经历很让人过瘾，很刺激，它使人产生一种本能的好奇和悸动，又不免生出做贼的提心吊胆。

"你不干活，还能干什么？"

屋里传来吴青柳父亲的声音。

"爸，我不是不想干，可……这工资确实太少。"

"你有什么可嫌弃的？别人不嫌弃你小已经不错了。"

吴青柳的父亲咳了几声。他的身体一直很坏，又上了年岁，说话竟显得有几分乞求的意思，让人联想到夜晚不时传来的悲喑猫鸣，苍老而无助。

"别闹了，去上班吧！"

……

屋子里再没了动静，这宁静仿佛是永远的。

听别人生闷气，很没意思。我悻悻地站起来，刚想离开，却见院门打开了，模模糊糊地闪出一个影子，等他走近了，我才借着昏黄的街灯，认出来人——我的青柳哥。

他大概也看到了我，快步走了过来："羽弟，你找我来啦？"说着笑笑。

在灯光下，我隐约发觉他的牙已不像从前那样白了，也许是黑暗的缘故吧，他更显得瘦削，在灰暗的脸上甚至有了几道不太明显的皱纹。

"有吃饭吗？去弄口买个饼吧！"

他不自然地耸耸肩，拉起我的手就走。我这才发觉他的手已经被劳动磨去了稚嫩，显得粗糙了，有些像一只父辈的手，有种温热的带着依靠的感觉。在微凉的秋风里，这样的感觉很舒适。

我们一路踏着积水，走出小弄，食摊还开着，吴青柳便要了两份蛋饼、两瓶汽水，拉着我坐在沿街的马路牙子上。

"羽弟，我不想去厂里打杂了，挣钱太少。"

他咬了一口饼，用手拧着汽水瓶子。

"那至少也有些，还是别辞了。"

他用力灌下一口汽水，就像是咽着烈酒："你也知道，我爸他下岗以后家里缺钱用。"

我看着他上下蠕动着的喉头，一时竟不知说什么，只好望着苍黄的灯影出神。

"要是有个妈妈就好了！"他苦笑了一下，把嘴里的蛋饼咽下去，喉头大幅地颤动着。

"那你再想想吧，车到山前必有路的。"夜晚的萧瑟使我不禁打了个寒战，街上无人，此时此刻，我和吴青柳，或许真是少有的闲人了。

"吃啊，你怎么不吃了？"他把手搭在我的肩上，陪着我坐着，在秋日的街巷，蜷缩着两颗年少的心。

月亮出来了，洒在弄口的积水上，宛如点点碎银。回家前，我最后望了望那棵细柳，它的枝头上缀满了月光，在清风里舒展着就像一棵神树。

四

我再次见到吴青柳的时候，他已经有了手机，头发也染了色。

期中考前，我忙了些日子，现在考完，真该好好放松一下，便去寻"神通广大"的青柳哥。我那时已似乎觉出我们间的隔阂，但也确实没有去处（好友徐泽清那时已经颇淡漠我），便也走向了那株细柳，走进了那个院落。

吴青柳和他父亲在家，那时他父亲已经检查出了重病，需静养着，吴青柳时不时照顾他一下。不过，他现在辞了活计，又有别的"活"忙了，便常常把照管他父亲的事交给我，往往是电话一响就走，说是赚钱去，有时一走便是一天，不见人影，他父亲免不了担心。

"小羽啊，你青柳哥怎么还不回来？这孩子只要有钱赚就忙个不停，准是掉钱眼里了，你往后可多劝他呀！"

他的父亲本就是中年得子，年事已高，再加上患病的缘故，显得十分苍老，叫人不忍拒绝。每每这时，我也只能随口答应。

每天吴青柳回到这棵细柳下时也确实带回钱来，数目不大，但也足够维持父子的生计。

渐渐地，他竟小阔起来，请我次数多起来，地点从小食摊到面馆再到快餐店、肯德基，在十一月中旬的时候，他甚至领我进了一家高级的自助餐馆。不得不说，我对吴青柳的深刻印象，和他不时请我开荤换口味是有很大关系的。

这些日子，他忙着挣钱，对那株细柳却从未停止过呵护。他总是晚上浇水，还买了些肥给它施上。过了些日子，那细柳仿佛丰满了些，枝条也浸了油似的光洁，水灵灵的，成了这小弄一道美丽的风景。

日子过到十二月，就很有些无味和琐碎。岁末，少有盼头，人也显得呆板。就在这枯燥而无望的时节，在弥漫的寒风中，吴青柳出事了。

大约是在二十日，天下着雪。那天早晨，他一早就接了电话出去了，到晚也没回来。

傍晚时分，吴青柳的父亲裹着一条棉被，拖着病弱的身子敲开了我们家的门，焦急地向我们宣告了吴青柳的失踪。

"老林啊，你就帮忙打听一下青柳吧！"父亲把他扶到床上时，他还不住地边发抖边叨念。

"你放心，你们家的事，我哪能不顾呢？我这就去找他。"父亲披上外衣，挎上了包，"羽儿，在家照顾大伯，爸爸妈妈出去一趟。"

"好。"我早也无心作业，丢下笔，进了房间。

床上的是一张冻得发紫的病弱的脸，让我想到刚出土的紫薯。

五

大约是八九点钟，从四处传过来了不少消息，有亲眼所见的，也有道听途说的。总之一句话就是：吴青柳偷别人的手机，进了局子了。

听到这个消息，我们全家人都愕然了。我不曾想到从小老实的青柳哥，竟干出偷鸡摸狗的事情，还因此被拘留。从这一刻起，我真切地感觉到了我们的隔膜和距离的遥远，我们已经是两种完全不一样的人了。

想到这里，我真有些惘然，甚至是可悲，又并不全为青柳哥的，也有些是为他父亲，甚至为自己。

窗外的雪大起来，纷纷扬扬的，白了一院子景色，映衬着黛色的砖墙。

回家后，吴青柳的父亲蜷在床上，只是用两只无神的眼睛凝视着前方，一句话也不说。

那晚，我也无心睡觉，只在恍惚中觉得青柳哥家的灯在雪里，亮了一夜……

……

风雪一连肆虐了好几天。

我们也在提心吊胆中度过了好几天。

终于，在第四天下午，吴青柳回来了。

那日风雪小了，天空中竟透出一丝浅阳光来，在这难得的冬阳中，吴青柳踏着积雪，走进了吴家弄。

先是几个玩耍的孩子见到了他，便呼地一下散开，边跑边喊：

"青柳哥回来了！青柳哥回来了！"

清脆的童音在弄里回响着，就像微风中的铃铛。

他没有回家，先敲开了我家的门。

"羽弟，我回来了。"他像一个小心翼翼的侍者，轻轻地低着头。

"哦，青柳哥你来了。"我感到他又瘦了些，脸上也有些许憔悴的神色。

他叫我出去走走，我们都只说些无关的话，绝口不提这几天的意外。

等我们走到学校门口时，他望着周末空无一人的校园，竟很是悲伤起来。

"羽弟，我真羡慕你，还是读书好啊，只是我永远都不可能了。"

"青柳哥……"

他忽然激动起来，面色少有地红润着。

"我只是想多挣些钱，好为爸看病，怎么就……"

"我知道的……"

吴青柳忽然转过身来，抱住我的头，小声地哭了起来。我也忽地感到悲凉，便也伏在他的肩上啜泣着。在冬阳下，泪也是温热的，流进嘴里，涩涩的。

"去看看你父亲吧。"临分手时，我突然用了一种沉稳的口气对他说："他已经查出了肺癌，住了医院，怕是日子不多了。"

"嗯。"吴青柳转过身，走近了那棵细柳，轻轻抚了抚它，便走进了院子。

柳更细了些，风雪的吹打，使它显得病弱而娇嫩，更引人怜爱，依在院墙，就像一个眺望着的姑娘，她的目光指向哪里，我不知道。

傍晚，父亲回家时带了些车厘子，叫我给吴家送些去。我敲了几次门，都没人答应。

六

到第二年元月的时候，这小弄里的人，都开始谈论吴家的事，说到吴青柳，也都说是一个有出息的孩子。

吴青柳确实变了，他卖掉了手机，也把自己赚大钱的梦想淡忘了。他父亲的病也确是无望，但看到儿子的变化，倒也欣慰，过了些日子，他提出出院回家住，吴青柳便依了他，平时也不再出去，只是在家里悉心照顾着父亲，有时父亲身体好了些，他便去打些零工，补贴家用。他终于渐渐地把心收了回来，回到这个小弄，这个家，这株柳下的家。

吴青柳还是很忙，甚至比从前更甚，但他是忙着给父亲弄这弄那，陪着父亲说话，他甚至还忙着收拾院子，打算开了春就种些蔬果。相比之下，门前的这株柳就受了冷落，但却仍长得茁壮，在凛冽的寒风中亭亭玉立。

在一月末的时候，再见到吴青柳，劳动和生活已经使他明显长大了，他的脸已经有些紫红，脸上也已经有些黄黄的胡须，背也明显地驼了。

我们在一起，走了一路，谁也没说话。

青柳哥确实是已经和我不同，只是这次，我替他高兴，也确实怀了一种对未来的憧憬。

寒岁中的细柳仍是纤细着，却也在风中笔直着，让我想起了老家水田里的鹤。

七

吴青柳的父亲终于没有等到过年，在大年三十的前一天晚上，永远地睡着了。

吴青柳倒也并没有显得很悲伤，这是一件迟早的事，就像去年他的退学。他又去卖了些东西，在我家的帮持下，给老人办了一个风光的葬礼。在穿寿衣的时候，我觉得老人很安详，脸上竟微胖了些。

送走了老人，吴青柳感到没有牵挂了，他也没有理由再待下去，于是便卖了房子，等过完年就走，谁也劝不住，在最后的日子里，我们形影不离。

父亲托熟人在上海帮他谋了个小差事，他也就答应了，便在元宵节后的一个早晨动身了。

早晨很静，没下雪，薄薄的冬阳照在身上，很惬意。吴青柳把那棵细柳托给我，这是他唯一牵挂的东西。

"这么些年青柳哥也没什么东西给你，这棵树是父亲种的，你有空就来看看它，那儿有你的青柳哥。"

说完，他向我们挥挥手，向弄口走去，穿着过于臃肿的棉衣。

他踩过前两日的积雪，那雪发出噗噗的响声，在雪地上留下一串足迹，浅浅地，延向未知的远方……

八

春天的时候，我常去看那株细柳，在春风里，那柳的柔枝也泛出了新绿，一点一点的，远远地从弄口就能看到，像一盏盏绿色的小灯。

最初的夏天，最后的秋日

陈老师搬进来的时候，我在做一道数学题。目光和数字掐架，最终滞住不动。夏天把最后的炽热挥霍在那个九月的午后，窗敞着，时间离去发出莫可名状的啸声，仿佛拖着长长回忆的炮弹，如此潇洒地一去不返。

音响里的女声自鸣得意地卖弄着慵懒。商女不知亡国恨。紧闭房门，我还是听到了陈老师的小高跟，急不可耐似在楼道间盘桓。我想切歌，仿佛借此就可以摆脱眼前足以算到明年的算式，和承认其父亲的女友这种令人难堪的人设，却只是开大了音量，做兵临城下时最后而徒劳的抵抗。热风通过电扇附满灰尘的隧道徐徐涌出，仿如某种可以量产的情绪，和这个最后的夏日沆瀣一气。

噔噔噔，噔噔噔，胜利者的马蹄跺得山响。拖鞋声温吞吞地磨着地板，吧嗒吧嗒，献殷勤般充当着低音。它们一唱一和，把这场荒诞的演奏举行得煞有介事。

吱嘎——长长的休止符，极其轻盈的开门声被拖宕成电影里的桥段，掩饰本不必要的鬼祟。沉默过后是父亲的声音：

"我先帮你拿进去吧。"

我闭上眼睛猛摁音量键，甜得发腻的歌声附着在闷热的空气中，使我难受得想要流泪。书桌的软玻璃下有一张老照片，我把它取出来，我凝视着年轻的母亲，伸手擦去光的纹路，她的脸却越来越模糊。

"妈妈，"我对她说，"这个家要换女主人了。"

高二的那个秋天将要过去的时候，我给仲秋写了一封长信。那是我的第一封情书，我写下关于那个夜晚的一切，我的悔恨。我用尽所有的华丽辞藻试图挽回这一切，尽管从她最后一次望向我的眼神中，我就感觉到那个夏天的一切永远地终结了，叶子落下，最后一点余温杳然散去，再也回不到从前。我想我需要一个机会，像那个夏天伊始的晚上一样，透支所有的勇气。

为了把这份最后的希望亲手交给她，我找了个借口不坐陈老师的车回家，揣着信一路小跑，像我们从前那样穿过车来车往的第五大道、空阔寂寥的广场，走进熟悉的小区找到熟悉的数字，只为了赶在她的前面。我想好了以怎样的姿势面对她，站在单元楼前的阴影里，最好手里还要有一枝花，显得洒脱一点。

可一切都迟了。脚步在摩托的轰鸣中戛然而止，我看到了她，轻巧地从中年人的摩托上下来，往身前的黑暗里觑了一眼，转身消失在楼道间。楼道上灯一盏盏亮起来，我藏在黑暗里望，女孩的身影忽隐忽现，最后的一次同行，再也不会有了，我怅怅地往回走，灯光洒在肩上。好像电影的结局，孑然一身的少年双手插兜，背影融入夜晚。

手碰到了信封，触电般一缩，它是那样无望，无望得如同我本身。

当初父亲提出要陈老师接送我上学放学时，我义正词严地拒绝了他。我的理由很充分，第一，从家里到学校就那么点路，蹭蹭就到了；第二，我怎么好意思麻烦陈老师屈尊接送自己呢。还有一点我没敢说，我把它埋在梦里。

陈述完理由后我一脸挑衅地看着他，父亲没说话，回避着我的眼神，有些手足无措，像一个弄巧成拙的孩子。不知道从什么时候起，父亲不再那么热衷于为细枝末节的琐事争吵，他选择这样一种无声的方式，抗议我如野草般疯长的叛逆。他不需要转达，陈老师就在隔壁卫生间里洗头，我又有意把第二句话说得特别响，生怕这薄薄的一扇木门挡住了刻薄。我可以想见陈老师的表情，她那张在泡沫中揉碎的精致面孔。哗哗的水声像一曲枯燥而冗长的钢琴曲，絮絮叨叨地拖长了对峙。

父亲有些气馁地抓了抓他那油乎乎的"三七分"，从口袋里掏出烟，兀自向阳台走去。从前每次争吵过后他都会踱到那个2平方米的避风港，把所有情绪在吞云吐雾中化作萦绕不去的烟草味道。好像合上那一扇门，就为争吵按下了终止键，一切都像挂掉的电话那样无须解释。

不远处的阴影里倏忽间闪起暗淡的火光，却又转瞬即逝，像燃尽了的恒星，七月流火，我的夏天一点点地熄灭，光线明灭。失去阳光的风很凉，可我无处躲藏，只有立在原地，听着仿佛可以流淌到永远的水声，嗅着掺杂在夜风中的尼古丁的苦涩，感到一丝凄凉的胜利与满足。

一切肇始于年初那一次再平常不过的家庭聚餐，在乡下老家一月一次的聚首。在那个从父亲儿时便存在的老屋，祖父母忙前忙后，暖融融的笑，稠稠的，散发着甜味的灯光，我脑海中从未改变的童年符号。

那天父亲破天荒地亲自下厨，一桌的团圆喜气，一盘红烧鱼，沉甸甸地端居正中，郑重得令人生疑。这就是父亲的懦弱之处，即便如此，他还是没有亲口告诉我真相的勇气。他只会逃。

最后还是祖父开的口：

"轩轩，你爸爸他……有女朋友了。"

我停住咀嚼，感到牙缝里嵌进了什么，隐隐约约地肿胀。

"就是，你们学校那个德育处主任。"祖父小心翼翼地操着生硬的普通话，他不熟悉但我却熟稔于心的语言，落在心里，涩涩的苦味。

目光瞥到那个空着的座位，可耻的缺席，在不大的八仙桌上，缺去一角。我忽然有点恨父亲，所有的敷衍和背叛在他的背影中如此轻盈。但我什么都没说，我只是点点头，低头吃菜。

我不知道父亲为何会变成这样，也许是母亲离开后生活中的琐事巨细靡遗地压在他的肩上，磨去了他最后的一点高尚。他从前不是这样的，我6岁时的一个雨夜，他和母亲吵架，母亲哭着摔门而出跑到单元楼下，跨上电瓶车，车灯在雨中吐出一串雪白，母亲的身影如此渺小，仿佛即将被光标吞没的标点。站在窗前，我哭起来，对父亲嚷道：

"爸爸，怎么办？妈妈要走了。"

他摸摸我的头，一脸柔和，叫我在家等他，然后一字一顿地说：

"轩轩放心，妈妈不会走的。"

他的话像雨点般落地有声，带着温暖的湿气，然后他转身离去，冲向那场雨。乌黑的"三七分"，有些狼狈的大衣，擦得锃亮的皮鞋，灯光下的他被整个地拓入回忆，像一个遥不可及的旧年幻影。

时过境迁，那个父亲早已在我的生活中死去。现在的他只会故作轻松地抹一把他那无论怎样收拾都显得凌乱的头发，然后装模作样地掏出他那包"阳光利群"，一脸忧国忧民的样子，背着手走到院子里，还不忘添一句：

"阿爸、阿妈、轩轩，你们多吃点，我去抽一支。"

我时时想起那个夏天伊始的夜晚。

夜自修下课后，我和仲秋总是会一起走。穿过广场时，我们偶尔说话，她断断续续地讲她的家，讲她有些暴躁的爸爸，温柔贤淑的妈妈。我在黑暗里无声地点头。无人的广场，失落的霓虹把一切洇染成一个美好夜晚应有的样子，寥落的斑斓。

仲秋说话时走得很慢，仿佛是故意等我，夜风中她的声音空空的，像是在讲述一个梦境。然后她终于意识到我反常的沉默：

"沈轩，你怎么不说话呀？"

"我在想，你妈妈待你真好，我妈妈只会提醒我，哎，你该穿秋裤了。"

仲秋笑了，那个笑容我愿意用一切换取。

那个晚上我差一点脱口而出，我已经没有妈妈了，我爸爸和那个门口值日的德育处主任就要结婚了。但是我没说，我不确定。我喜欢仲秋，她像《教父》里的Marry，我暗色调电影中的一抹亮色。我想让她看到一个没有烦恼玩世不恭的自己。

侧后方传来沉沉的车声，薄薄的光线飘落在她的脸颊，定格出一个没有阴翳的完美镜头。

我对陈老师的最初印象是常年在门口值日的校领导，仅此而已。直到那一场糟糕的团聚，祖父说出这个名字的时候，我依旧无法将她同宣传栏里那个模糊的面孔联系起来。生活莫名其妙地在我们之间产生了交集，像两条铁道骤然并轨。她的气息分明，像那个季节丝丝透入的寒意，填满一些我早已惯常的沟壑。少年的敏感使我触摸到生活的嬗变，它就像过去每一个夏天里的霉斑一样缓慢地爬上这个我从6岁住到17岁的家，像是腐坏，又像是重构。

　　那时候我常常失眠，半梦半醒的时候，翻来覆去，眼前都是母亲，一个场景，六岁时她带我来看新家，那时她还是年轻女人，没有生病，爱笑，还是一头长发，她变魔术般打开了门，对我说：

　　"轩轩，以后我们永远住在这里。"

　　早在六月的时候，父亲就对母亲的物品做了大清洗，毫不留情地把过去封入一个个纸箱，不顾我的反对，付之一炬。我很诧异他居然还保留了那么多母亲的东西，并且有如此冷酷的魄力。他做这一切的时候，我冷眼旁观，父亲的背叛在那时才真正地昭然。我不知道哪个女人会看上这么一个懦弱而无耻的男人，而那个叫陈芳仪的女人也终于在我眼前变成一个迫在眉睫的符号，逐渐清晰。

　　每天放学回家我都会留意软玻璃下的那张照片，生怕这一块我拼了命从那场大清洗中抢救回的回忆碎片也失却了。但是没有。陈老师从不进我的房间，她在这个家里的举手投足处处显示着胜利者的大度，只是她的高涨到近乎做作的生活热情，使我感觉不适。一个周末，她拉着父亲上街，回来时抱着一大箱子盆栽，父亲气喘吁吁地捧着几株君子兰，一脸不情愿。

我靠在沙发上看电影，觑了眼，小声嘟囔了一句："这么多。"

陈老师冲我笑笑，没说话。那天下午她支使父亲把这些新住户安置在客厅、书房和永远萦绕着一股烟味的阳台，最后是我的房间，仿佛为了把这个家寥落了多年的人烟感一次性地弥补。我没有理由拒绝，那些奇形怪状的多肉植物就这么在我的房间定居，我们呼吸着对方呼出的空气，仿佛某种诡异的共生关系。艰难入梦的时分，我常常产生一种幻觉，母亲最后的一点气息正渐渐淡出，这个家将一点点烙上陈老师的痕迹。

车驶过后仲秋问我：

"那是陈主任吧？"她看起来忧心忡忡，"要是她看到我们了怎么办？"

"是吗？"我故作轻松，"你想多了，她又不认识我们，再说了……我们又不是那什么。"

她把头一扭，像是没有听到，刻意和我拉开一段距离。玩笑开大了，我有点不知所措，只好不远不近地跟着。

到她家楼下的时候，我们照常告别。我回头，终于意识到完了，5分钟前透过车窗和陈老师目光短兵相接的一瞬使我不寒而栗，我读不出她的表情。我该说点什么，也许再也没有机会了。

我叫住仲秋，我的Marry，你不能走。

"如果我说这也许是最后一次呢？"

她回头，一脸蓦然回首的错愕，温柔的夜晚落在她的唇边。

"嗯？"

"仲秋，要是明天我就不能和你一起了呢？"

那天父亲提着只有清明时才用来烧纸的铁桶下楼，他来回几趟，刻意地轻手轻脚。音箱里响着撕心裂肺的摇滚。他没指望我帮他，我也不会。

终于他没再上来。

夏天里那一场燃烧徐缓而坚决，宛如不可逆转的大势所趋。我可以听到它窸窸窣窣地蹿起火苗，舔舐着我的回忆。那是我第一次体验一个人的褪色，在英文里，这种感觉叫 fade，又是一个电影里的名词，淡出。

耳边嘈杂的电吉他戛然而止，一切尘埃都在我觉察不到的时候落回心底。我走到窗前，结束了，就像荧屏渐渐熄灭成一团模糊的黑色。隔着玻璃窗，我可以闻见那种融化在湿热空气中的淡淡焦味，变质了的阴天的味道。我努力回忆脑海中关于母亲的一切，终于悲哀地发现我已经忘记了她最后的面容。

可总有清晰的时刻。第一次踏进这个家的那天，儿时的天空云彩流淌一片，属于回忆的洁白。那时母亲还在当老师，周末有时候要加班。她那天特意请假，带着我看我们的新家。打开门的一刹那，我不禁叫出来：

"哇！好大啊！我们会一直住在这里吗？"

"是啊，永远一起。"

夏夜。女孩揿亮了楼道灯，突如其来的温馨。

"沈轩，你会一直陪我走吗？"

我不知道。但我还是点点头。

那也许是最美好的一个夜晚，再也不会有了。

秋末的日子时常使我感到无神，如同坐在一台老式电脑的屏保前，注视着吞吐色彩的屏幕，单调，却又无以遁逃。坐在陈老师的车里，我感觉自己被待机时的黑屏吞没了，唯一的一点光亮永远消失。

广播的声音时断时续，像将死之人的呻吟，但我们谁也没有伸手关掉。我一次次望向车窗之外，缅怀许许多多的夜晚，我不知道那天陈老师为什么选择视而不见，她的宽容最后也只是殊途同归罢了。自从我再一次向父亲妥协坐上她的车的那时起她就知道还是结束了，我很想大声地质问她，你为什么要放过我，为什么不给我一个机会，让我像一个英雄一样地回头。

那天你刚刚吸完那一杯奶茶，仿佛所有的甜蜜都已被吸食殆尽。那之后我曾无数次回忆那个秋夜，回溯到那一瞬间的时候我总是在心里恳求自己，好了就在这里停下吧，那就什么都不会发生了。

看到楼道里的黑影时一切都已经迟了，我们牵着手说笑，中年人抬起头，黑夜里我们四目相对，却只有一片模糊。仲秋的笑容戛然而止，求助似的抓紧了我，我感到她的手像含羞草般簌簌发抖。我听到塑料包裹的爱掉落在地，发出轻不可闻的呻吟。

"爸。"她的声音无助得让我心碎。

我知道你希望我做什么，像电影里老套的剧情那样，一脸痞气的男主角向女孩的父亲摊牌，我是她的男朋友。你走后我看了那么多的爱情电影唯一懂得的就是那些爱情都是假的，像符号那样华丽而空洞。如果这是你理想中爱情的样子，那么，我做不到。

支离破碎的广告声一遍又一遍地轰击着我的耳膜，双手捂面，晃动的车厢里我分不清脸颊上的到底是汗还是泪。上一次哭泣是在很久之前的夜晚，第二天我打着喷嚏双眼红肿，仲秋被班主任叫出去谈话时最后回头看了我一眼，直到许多年之后我还是无法忘记那个眼神，它陌生得使我一次次在昏暗的回忆中感到刺痛。可就算这样，她也没有说出我的名字。

我从小就喜欢撒谎。每次哭的时候，我都告诉自己没有下次了，下次无论怎样都别再掉眼泪了。那之后我感冒发烧，在家里躺了一整天，闭上眼睛全都是你看我最后一眼的样子，愣是没掉一滴眼泪，因为我不再感到伤心了，只有可悲。悲哀是没有泪水的。

一路跑回家后，我在阳台上度过了那个秋凉袭人的夜晚，带着内疚希望自己被吹感冒。如此盛大的秋风吹得我浑身酥麻，却没能将那股令人反胃的尼古丁味道连根拔起，我俯下身子，蜷在角落里，夜风中的哭泣悄无声息。我在心里一遍遍地说："对不起，仲秋，我是一个混蛋。"

我只会甩掉你的手，像甩掉一个包袱一样轻松。我只会逃。

所有声音骤然消失，仿佛被吸入一个真空的黑洞。我倏然惊觉自己身处何处，滤去一切后只留下陈老师的声音：

"轩轩，我和你爸爸要结婚了。"

那个失去光亮的晚上，我走回家，开门的刹那，寒风涤荡了客厅，阳台上闪着一簇火光，陈老师默默坐在沙发上。看到我，她没说话，把头偏过去，我看到她眼睛红红的。我一时像闯入犯罪现场般手足无措。

从前也有这样的时候，那时候父亲和母亲总是吵架，激烈的爆发过后，父亲叹口气，叼起一支烟走向阳台。从那时起，他每天都要抽掉一整包；母亲无声地流泪，她令人痛心地干枯下去，再也没有了笑容。终于有一天他们不再争吵，因为，母亲住院了。

我蹑手蹑脚地走进卫生间，没有开灯，摘下眼镜，冲了把脸。我审视着镜中的自己，宛如败军之将检阅着自己的部下。我的头发蓄长了，桀骜不驯地立着，邋遢而狼狈。我不知道刚才仲秋在黑暗里望见的，是不是这样的一个影子。我抹了一把头发，感到不可言说的悲哀，水顺着发际线向下流淌，过早地刻蚀出岁月的伤痕，窗外传来车声，车灯照进窗户，清冷的光绕着四壁滑上一圈，镜中短促地闪过一个人的面影。我从未觉得他如此像一个人。

父亲。

我在幽深逼仄的时光隧道里感到某种钝钝的疼痛，仿佛体内有什么东西像尾巴一样一节节地断裂。总有那么一刻，一句话让我倏然意识到某个时代的终结，靴子落下，再不复回去。

　　记得小学毕业的那天，我和几个伙伴背着书包，在小城的街道唱着"我要飞得更高"把车踩得飞快，那时我们刚到可以合法骑车的年龄，我满心以为没有什么比这个即将到来的泡泡糖般硕大而甜蜜的暑假更加重要。我们在护城河边停下，捡起花坛里的鹅卵石打水漂玩，那个渺小的白点在水面蹦跳了三次后不甘地沉入水底。我一直玩到夕阳西下，才发现身边的玩伴不知不觉中都已告别离去。这时我看到了父亲，我不知道他是怎么找到这里的，他的双眼血红，面容憔悴。但那时他还是一个需要我仰望的父亲，我害怕他生气，便怔怔地立在原地不敢动弹，但他没有。他只是温柔地看着我，久违的温馨令我鼻子发酸，这时他俯下身子扶住我的肩，在我耳边说了一句什么。他转身后，我忽然想到病床上面色苍白的母亲，终于意识到那是一个陈述句：

　　"妈妈走了。"

　　还记得那个晚上吗，仲秋？我们趁着奶茶店打烊之前，买下了那天最后一杯珍珠奶茶，你吸了一口，然后把它递给我，我摇摇头告诉你我不渴。看着你一点点把它吸到咕嘟咕嘟响的时候，我感到胃里有什么东西暖融融的，就像《这个杀手不太冷》里面马蒂尔达说的那样。在那样一种刹那的温柔里，我曾以为爱情就是这个样子。在那一刻我想，我会爱你一辈子。

　　我所能回忆起的再也不是夏天。

说婚礼誓词的时候我走出礼堂透气。大门之外是另一个世界，苍白从城市的每一个角落疯长起来，关于夏天的一切无声地剥落。在这样庞然的更迭中，一切爱恨都显得那样微不足道，握着手机的手暖暖地一颤，划开锁屏，那个在我梦里无数遍逡巡的场景赫然在目，两个人的笑容都不像是属于这一场仓促的婚姻。

风再一次吹来的时候，我顺势笑了一下，好自然。黛青色的行道树失魂落魄，脸颊上传来刀割的痛感，这个从西伯利亚长驱直入的冬天，扎扎实实地和我相撞满怀。室内的笑声伴着音响刺耳的杂音使人恍若隔世，我把手插入衣兜取暖，却碰到了一件硬邦邦的东西，我把它取出来。

这是我的信。

我把信展开，在风中吃力地读了最后一遍，然后松手，它们被时间拖走，像一颗颗鹅卵石，在水面漾起一层层的涟漪，然后消失不见。我听见时间拖着长长的轨迹浩浩荡荡地划过这个最后的秋日，一去不返。

这样真好，又是干干净净的一个季节。

别带着懊恼回头

高二的最后一节语文课，我们给Sally开了个简短的欢送会，作为她的课代表，我唱了一首绿洲的 *Don't Look Back In Anger*，我把这首早已烂熟于胸的歌唱得口齿含糊，夸张得手舞足蹈，终于无可救药地破音。她却始终倚在门口，报以惯常的微笑。

闹过之后，就像在球场疯跑了一整节课那样无力到虚脱，心里木木的，就像被一个勺子从里到外掏得干干净净，什么感觉都没有留下。

"嗳，沈轩。"那天的晚些时候她对我说，"你唱歌的时候还是蛮帅的。"

我在心里惨然地笑起来，不知为何，当我们走在那个仲夏的走廊，一箱一箱地清空她在这个学校的所有痕迹的时候，我被那样一种属于夏日的宏大凄伤所吞没。我一趟趟地跑上跑下，不知疲倦地拆卸着记忆，那天我出了很多的汗，它们像泪水那样附着在皮肤上直到风干留疤。

Sally要走了，每一个故事都要有一个结局，这是我们的。

我曾经和Sally打赌，比谁先在这三年里写出一本书来，三年对我们来说太过漫长，可她终究还是赢了。

升入高三后一个秋雨霏霏的夜晚，我在新校区瞎逛，雨点透过镜片在脸颊上碰撞出乍现的灵光，就叫《爱的手记》吧，就写我和Sally的故事。

这样的感觉最初产生在一节语文课，不甚分明的季节里，Sally穿着米黄色毛衣给我们讲文言文，也许是《项脊轩志》，教材里她最喜欢的一篇古文。在那样一种温柔的感觉中，我忘乎所以地想要把Sally留在我潦草的稿纸上，那个时候我还没有爱上她，但我明白所有的感觉都有赏味期限，它们终究会在角落里无声地腐坏，生长出细小的霉点，再也无法回味。爱也好，不爱也罢，都是这样。

一年之前的我17岁，脑袋里塞满了棉絮一样空幻的欲望，我想爱，想玩，想在校园里杂草丛生的足球场上把汗水流尽，玩世不恭地以为自己再也不会相信爱情这种东西。

那个夏天无比盛大，有太多的东西带着一股草莽的气息从我的身体里疯长起来，它们饥渴地噬咬着我的灵魂，使我渴望奔跑。于是我找到蛋蛋，告诉他我要踢球。

他用一种逛动物园似的眼神打量着我，使我顿生顾虑。长这么大，我连前锋、中场、后卫都分辨不清，偶尔看一场球赛，我唯一能指认的只有门将。但是那个夏天没有人比我更加渴望那片泥泞的绿茵场，我像一辆高速路上刹车失灵的跑车，跌跌撞撞地一头扎进人群，英勇而徒劳。看到这一切后他点点头，表示允诺。

于是我便毫不客气地为他贡献了十个手球。

高二的那个秋天稀里糊涂地到来之后，我告诉了Sally我的梦想，我们在新校区聊了很久的文学，那之后我真正地爱上了Sally。有那么一天黄昏，我无意中把球踢到正在散步的她脚前，跑去捡的时候，我们相视一笑，失色的黄昏中虚假的温馨，那一刻给我一种身处爱中的错觉。往回跑的时候，我将球高高踢起，最接近天空的那一刻，我希望它像所有被我抛诸空中的心事一样，再也不要落下。

如果你无意中翻开我书桌左上角书堆里的一本笔记，除了扉页上那个从内到外散发着恶俗的题目之外，你会看到我和Sally初识的场景。

那天她走进摇滚乐队现场般嘈杂而哄闹的教室，我坐在教室最后一排塞着耳机，心里想：这个姐姐可真漂亮。直到她戴上小蜜蜂对着扩音器"噗噗噗"吹了三下后，用她独有的沙包般柔软的嗓音告诉我们她姓郑，是我们的语文老师兼班主任。

蛋蛋还在吹嘘着他连过五人一脚射偏的传奇，我有点失望地发觉，刚才浪漫的遐想是那样不合时宜，像寂静的街巷里一声招摇过市的犬吠，突兀而短暂。

她选课代表的时候，那帮家伙起哄："沈轩作文贼好，就他了。"然后我的郑老师愣了愣，终于开始对着座位表寻找那个叫沈轩的家伙，她翻来覆去地审视那张硬板纸，最后发现拿反了，这是我对她作为郑老师的最后印象，因为这时我知道她应该是谁了，便站起来学着《老友记》里的乔伊那样故作神秘地笑了笑。

"Sally，我就是。"

回忆里的Sally总是给我一种熟悉的感觉，之后我写《爱的手记》时，总以为自己能下笔如有神，但却很悲哀地发现其实关于她我所知甚少。我只知道我们是她的第二届学生，我们见面的场所只有教室、办公室、传达室以及去这些地方的路上，说的话也大多是礼节性的，Sally唯一一次对我敞开心扉的那个秋日午后，我便一发不可收拾地爱上了她，这是后话。在高一一整年里。我和Sally的对话却单调得宛如演员对台词：

我：报告，Sally好！

S（笑）：你好。

我（数作业本）：今天的作业都到齐了，请查收，哎，不对，怎么少了？

S：你别急，再数数看。

我：哎呀，又是蛋蛋，您等等，我回去收拾他。

S：咦，蛋蛋是谁？

我：老师，我去去就回。

S：好好，那麻烦你了。

我（声音从门外传来）：我应该的。

那个时候我还留有整整齐齐的板刷头，每个月末它显露出乱蓬蓬的迹象，我就盼望着赶紧把它剃掉吧。我做梦也没想到有朝一日我会去踢球，蛋蛋他们天天在球场上跑得汗淋淋的，一个个像泡了个泥水澡一样满身青草味，他们周身上下的生长气息如此浓烈，置身其中，我为自己永远无法成为他们中的一员而隐隐遗憾。我以为我的一辈子也就这样了，有太多不属于我的东西像月光那样轻盈，我永远都抓不住。

很久之后，我会想起那一天，我和蛋蛋并排躺在球场上，暮色四合，浩瀚的秋风将我们淹没，在豪迈的幻觉中，我一口气说出了我所有的奢望，就像在绿茵场上跑完最后一丝力气那样酣畅淋漓。我告诉他我想留一个中分头，就像《让子弹飞》里的陈坤那样潇洒，我是那样陶醉，以至于差点将最后一个梦想脱口而出。

那是我们最接近友谊的一次，我曾经十分天真地以为我和蛋蛋能够建立起伟大的友谊，这是那样的自然一件事，就像他在球场上喊"别把球传给沈轩"那样理所当然。

我的球技很烂，而且不分敌我，只要有球的地方就有我，所以他这么喊也不无道理。我满场疯跑，所到之处队友避之不及，每一次碰到球我就给自己加一分，就这样跑到光线昏暗晚霞淡褪殆尽，我们的影子都消失不见。

高二那一年里我生长得飞快，就像是一点点地把过去的自我吞食。许多难以启齿的念头在心底郁积：我想入围一个作文比赛，但我的小说写得断断续续；我想留长发，头发却总是赌气似的不长；我想爱上Sally，又想把她戒掉。它们是我梦中的罪孽，流淌得黏糊糊湿答答。它们在我的身体里恣意冲撞，终于把我变成了另一副模样。那些日子，我做了许多傻事，但那是我的黄金时代。

我费了好大的劲，才说服门卫大爷不把我当闲杂人等轰出校门，他们把我拘在传达室的长板凳上，其中一个点起了烟，但却拿腔拿调地不抽，还真把自己当警察审犯人了。

另一个年轻一点的黄板牙沉下脸问我：

"你班主任啥人啊？叫他把你领回去。"

"Sally。"

"赛什么？"

"郑……郑建慧。"

然后老烟鬼将信将疑地去翻电话簿，目光在被灯光熏黄的书页上流连良久，好像那些数字是他自家的银行存款余额，直到手指被烟头烫得一哆嗦，才装模作样顺势把簿子甩给我。

"自己打电话。"

5分钟后，Sally风风火火地闯进来，面无表情地把"小混混儿"拎起就走，走到门口的时候，"黄板牙"笑嘻嘻地扛着一桶水，用方言对Sally搭讪道：

"看不惯伊，吾帮你靠伊。"

原来Sally也有不温柔的时候。我低着头跟了一路，她未发一语，表情像冬天里的窗玻璃一样冷，兀自走回办公楼仿佛忘记了我的存在。我就像《挪威的森林》里的男主角似的跟着姑娘轧马路，直到在办公室前她回过头来，轻轻叹了口气，于是我又看到了她嘴角的弧度：

"你还挺有趣的，连翻墙都敢啊！"

在我的书里，这一段我反复写了好几稿，无论怎么写最后一个句号落下的时候我都感到欲念顿失，因为我不得不接受这样一个现实，从始至终，我在她眼里都只是一个孩子。

后来我开始着手完成我们之间的赌约时，脑袋里全是杂乱的感觉，它们胡乱地堆砌在我记忆的冰柜里，状如一杯被打碎的成分不明的饮品，色彩斑驳如一幅诡异的后现代画作。

我时常在夜自习里走神，一个人坐在冰冷刺骨的台阶上看Sally的小说，尝试着把自己代入其中的每一个角色，最后终于极其悲哀地发现，那些我尘封着不敢拾取的碎片里，有太多太多的错觉。

高三时，我在思念中度过了整个秋季，Sally就像我心中的毒瘾一般使我撕心裂肺，小时候我看那些骇人听闻的禁毒宣传小册子里写道，有人戒毒时毒瘾发作，用菜刀断臂，惊骇于人世间竟有如此惨痛的事情，直到我自己也体验到比这轻微太多的剧情，却发现在时间的幽谷中，我什么都斩不断。

Sally的文字使我感到我的罪孽深重，在一个个似曾相识的镜头里，我找不到一个完整的自己，但却可以读到属于我的、所有雄性动物共同的无耻和野心。我一边读，一边写我的小说，笔尖在书页上走得磕磕绊绊。从前我们几个在楼道上遇到她的时候，我总是很大声地带头喊Sally好，走过之后，蛋蛋他们就很害臊地骂我不要脸。那时我就知道她不会爱我的，明知道是悲剧的戏，我还是得戴上面具，嬉笑怒骂到谢幕。

那会儿，我的大脑像一台不知疲倦的唱片机，整日无限循环着一些伤心的摇滚，我曾经在Sally跟前放肆地把最后那个音节拖了一整个走廊的长度，她每次都在一边淡淡地笑，不置一词。直到我最后一次为她唱这首歌的时候，她还是那样的神情，影影绰绰地推拒。

Don't look back in anger.（别带着懊恼回首。）天哪，我如何做得到。

"最后一次机会了，告诉我吧，你为什么叫我Sally？"

调走之前，她在校门口说出这句话的时候，我明白那一刻还是到来了，从前她也没少逼供来着，可是无论哪一次的筹码都没有那一次来得沉重。

但我只是摇摇头，表示天机不可泄露。那时我自私地以为，只要保留一些悬置的暧昧就可让她不把我忘记。我不想在她的回忆中成为一个空泛的符号，一个证件照上穿着臃肿校衣的面孔。

Sally幽幽地看了我一眼，没再说什么。和我同来的九班课代表是个泪腺饱满的小姑娘，没一会儿，眼睛就已经红了。她们相拥而泣，一阵抽抽搭搭的莺声燕语，属于女孩的扭捏。Sally就是这样讨人喜欢，她能很快地变成一个彻彻底底的小女生。从前这样的时刻，我总会莫名其妙地产生一种优越感，因为我曾经见过她最真实的那一面，但那天我只是感到空落落的，一首歌在脑袋里萦绕不去，我想把它哼出来。*Don't Cry*，算了吧。

校门口零零星星地站着几个Sally的同事，他们百无聊赖地低头刷手机，等待最终的一声再见，仪式而已。我学着电影里那些孤独男人的样子，单手插兜，另一只手夹着想象中的烟，吐出一个虚无缥缈的烟圈，它们像光晕一样融化在夏天的空气里。七月里该死的低气压像嘈杂的电吉他一样轰隆轰隆地盘桓。

她们再一次拥抱了一下，比电影里拍的还要肉麻。然后Sally转向我，我油嘴滑舌："我们能抱一个吗，Sally？"她扑哧一声乐了，但最后还是象征性地张开双臂。

再见，Sally。

所有有口无心或者是发自真心的再见都结束之后，是真正的告别。

上车前，她从包里递给我一本书。

"我赢了，沈轩。"

又是错觉，倏忽间，我觉得我们回到了那个秋日的午后，一切爱开始的地方。Sally走之后，我一个人在废旧的教学楼里坐了很久，才记起我手边仅有的她的痕迹。

我打开包装，拆开一整个回忆里的季节，翻开封面，扉页正中是一行小字：

"给我的课代表同学。"

《爱的手记》写了很久，有时候写着写着我就停下，和蛋蛋他们一起去球场上跑得昏天黑地，我的球技没有长进，还是满场又当前锋又当中场又当后卫，我把体内所有的水分留在体表蒸发殆尽，再也没有眼泪留给悲伤。

那天我被飞来的足球击中。

最后整整一本笔记本，被我用只有我才认得清的字迹填得满满当当。每一次想起Sally的时候，我就在上面添上一段又一段，直到她的面孔在模糊的视线中渐渐淡出。

时间就要赢了，我想我就要把Sally戒掉了。故事也该结尾了。

一切回到开始的地方，反复倒带的回忆回到秋天，遇到Sally的时候，我假装不认识，低着头溜过去，但是她第一次叫住了我。

"哎，沈轩，我看到昨天你发我的了。"

"我的QQ号好像被盗了。"

"你能不能正经一点，"她笑着用指尖绕着新校区兜了几圈，"有没有空，我们绕几圈吧。"

我们沿着那条柏油路，踩碎落了一个季节的银杏叶。Sally对我讲她曾经的梦想，对我讲博尔赫斯、卡尔维诺、普鲁斯特，甚至还有王小波和《黄金时代》，后来我在一个很糟糕的短篇中戏仿过里面一个著名的句式：那一年我17岁……

她越说越快，渐渐磕磕巴巴，语无伦次，我一蹦一跳地走在路牙子上，再也没能听懂一句，但那一刻我最终爱上了她，因为我终于发现她其实是那样孤独，像一只孤僻的猫科动物。

看到她的背影，我后悔了，我捧着书，在心里说："Sally，快回头吧，我把所有的都告诉你。"

那天拔下耳机的时候，我意犹未尽地哼着*Don't Look Back In Anger*，正好是那句"So Sally can wait"，就叫她 Sally 吧，这首歌，我一定要为她唱一回。

然后我站起身来。

但她再也没有回头，她的背影成了我对 Sally 最后的印象。

她上了车。

那之后我再也没有见过她。

清夜·面馆·夜归人

一

大学毕业后，我回到老家，在 H 城一中当语文老师。

那时候时常工作到很晚，不免饥肠辘辘，一个人夹着公文包走出校门，唯有青灯孤影做伴，月色下的街道静极，连跫音也清晰可闻。

老托尼的面馆是长安街上开到最晚的一家。

我第一次推开那扇玻璃门，是一个春夜，扑面而来的暖气将夜晚的春寒一扫而光，使人心中忽生暖意。走进门来，柜台后面立着一个中年人，五十出头的样子，肤色黝黑，面堂泛出健康的红色，正笑容可掬地望着我："小伙子，吃点什么？"

我摘下起雾的眼镜，觑了眼菜单，"牛肉面吧。"

"好嘞！"他抖抖身上的围裙，回身忙去了。

我拣了个靠窗的位子坐下，桌面多多少少有些油，触感却很舒服，不叫人发腻，想必是细心擦过，在灯下泛出清亮的光来。

窗外的街巷静谧无人，灯影昏黄，彼时彼刻彼处，竟让人倏生了家的慰藉感。

不多时，面好了，中年人小心翼翼地端了上来，热气蒙住了他的面孔，使我看不真切。

"你慢慢吃，我这店还要开一个钟头呢。"他抬起头来，抹了抹额上细密的汗珠，冲我笑了笑，他的脸上有几道不深不浅的皱纹，双颊瘦削，目光却格外有神。

"嗯。"我亦笑了，随即埋下头来吃面。面很劲道，很香，吃得人直冒汗。

再次抬起头的时候，他正坐在我对面，很慈祥地看着我吃面，桌上摆着两听啤酒，灯把它们的影子拉得很长。

"小伙子，不介意的话，咱俩来一杯吧。"

二

老托尼的面店，就在长安街东头，店名很一般，我已记不太清，大约是用黑体印着的"老家味道"，或是别的什么，那片店许是经营了多年，店名早已字迹漫漶，可只要推门而入，那洁净如新的白瓷砖便会使人爽心悦目——每天他都会打扫两次，一早一晚。

无论如何，我走进这儿的原因，还是因为所有的面馆里，唯它最晚打烊，仅此而已。

此后不多日，我便和老托尼混熟了，他会在零点差十分的时候，切好牛肉，备好菜和酒，好让我早些吃上热气腾腾的面，后来我才知道，他时常往我那碗里多放两块牛肉，要是还有别的夜归客，他会给我六号牌，"这块牌只为你准备。"他说。

至于他缘何待我那样好，我也不甚了了。一日吃罢面，我问他。他略微沉吟，呷了一口啤酒，面色忽地庄凝起来，定定地注视着我，俨如在我身上有什么他失却的东西。少顷，他叹息一声，额上的纹痕仿佛深了不少。

"你让我想到了我儿子。"他说，借着那一种微醺的状态，他告诉我，他的儿子倘若还在，大不了我几岁。却在这最好的年岁，出车祸死去了。

"一样的个头，一样的面孔，连声音都一样一样的。"他不无恻然地说着，眼中仿佛有什么东西在闪动。

我拙于安慰他心中翻涌的伤情，只得连声说："老伯，你当我是儿子便好了。"

他摆摆手，颔首笑了："好小伙子，不论怎么样，日子总得过下去不是？"

那夜他送我出门后，我伫立在夜色中湿冷的柏油街面，望着那灯下忙碌的身影，竟觉得有些佝偻，有些苍老。

我明了，纵使如此，没有什么能改变老托尼，他一成不变的生活，他释然得麻木。每天一点打烊，当日7点又开门营业。在这不起眼的街道，以那慈厚的笑，迎接每位得意的、失意的、风华正茂的、垂垂老去的过客，日复一日，年复一年。

三

认识佳惠时，正是 H 城方入夏的时节。有时工作不忙，我们会先去长安街西边时代影城看上一部电影，再撑着伞，一道穿过蒙蒙的雨幕，蹀到老托尼的面馆去。

雨下个不止，可我们亦乐得如此，梅子黄时雨飒飒娑娑，落在脚下月色中银白的街道，宛若是足音跫然。

"好像有人在陪我们。"佳惠说。

不时有雨滴落在我们身上，脸上触感微凉，这时她便会将身子靠近了我，并柔声道：

"撑低些吧，我落着了。"

那时，她似乎穿着一袭黑色长裙，月华流转，沐着她稚气未褪的面庞，还像个女学生。有风时，她的长发便轻轻飘起，拂过我的脸，落在我的肩上，那种感觉很妙，一种愉悦。她是那样近，如今我犹记得她领口飘出的淡淡的洗衣液的清香和她呼吸的韵律，伴随着她的、我的脚步，风的、雨的轻歌曼舞，轻轻起伏在这宛若少女般曼妙动人的雨夜。

佳惠真是个令人难忘的女孩子。老托尼第一次见到她时，便俨然一副公公打量儿媳般的神情，她只怯生生地笑着，轻声道："伯父好。"而今想起这些，却真要叫人落泪了。

只那时，老托尼却很认真地对我说：

"小惠是个好姑娘，莫负了她。"

佳惠笑了。我郑重地点点头。窗外，雨仍然淅淅沥沥地下着，却宛若落在田野般细润无声，使我的心蓦然感到空旷。

送佳惠回家的路上，她小声问我：

"刚才的叔叔，是你父亲吗？"

我不禁扑哧笑了："是，也不是。"

那之后，老托尼总会多备些料，做两碗面，一大一小，无论有没有别人，他都会给我们六号牌，他知道我白吃面心里过不去，但佳惠那碗，他执意不收钱。

要是店里没什么事，他会和往常一样，在我身边坐下，和我聊聊家常，或是新闻，有时我们三人也能相谈甚欢，但更多时候，佳惠并不发话，只是安静地托腮听着，抑或是把目光投向窗外，像是思忖着什么，也许她什么也没想，只用她空空的双眸，凝望着夜的光影投在窗玻璃上美得令人心碎的容颜。

四

那些年，真是我一生最快乐的时光。我不再时常工作到那样晚，即使很忙，也总要和佳惠去老托尼那儿吃晚饭，我们携手行着，合听我的旧随身听，她爱听斯汀，我却对迈克尔·杰克逊情有独钟，我曾对她说，这是摇滚的两种境界。她嫣然一笑，未置可否。

从前那些孑然独行的孤灯清夜，恍若真已离我远去。佳惠确乎改变了我。她会和我聊1994年的电影，或是为欧美音乐"口角"几句，她从不施粉黛，笑起来总像五月清和的时节那样爽心动人……她的一颦一笑，莫不使我倾倒。

老托尼似乎习惯了在暮色中那向晚的街面望见我们的身影，那会儿，面馆生意很好，不大的店面人影错杂，见我们来了，他只有笑笑，道一声："来了！"

无论多忙，我们的面，老托尼总会亲自下厨，听到那一声亲切而略带沙哑的"六号"。无论凛冬还是酷暑，都使人感到妥帖，感到舒心。

吃罢，我们匆匆道过别，出得门外，回到那个陌生而熟悉的世界。深夜里我时时去陪他，总要喝个微醺方归，佳惠有时也去，可她不胜酒力，一口下去，脸上便是一阵酡红。这时老托尼便会朗声笑起来，佳惠也赧然抿嘴笑了，一片酒晕盖过她的脸，很美。我亦不禁笑了，在这夜里，笑仿佛是件极其自然的事，在这笑靥中，我时时忘却了今夕是何夕，宛然我的生活，即是如此。

"太安静了。"回去的路上，佳惠说。深夜月明星稀，四野阒寂，唯有城市星星点点的灯光依稀闪烁着。

我拔去随身听的耳机，*Staying'Alive*那催人律动的旋律在夜色中绽开，我尖着嗓子，学着比吉斯的腔调唱起来。

"疯死你！"佳惠边笑边嗔恼了来夺随身听，"你醉了。"

"才没有。"我说。

⋯⋯

如此的，一年多的光景，我为佳惠写的诗有几首登在县刊上，我和佳惠还是天天去老托尼那儿，夏天凉拌面，冬日牛肉面，老托尼似乎比从前胖了些，双颐亦丰腴了。当然，更多是不变，走在长安街的夜色中柏油街面松软的触感，推开门时四季如春的熨帖，纤尘不染的店面，和每个温馨的清夜。

我曾劝老托尼，早些打烊，不必这么晚。他笑着摆摆手，说："夜晚总有需要我的人。"我还想再说些什么，他却换了话题。

"嗳，老弟，什么时候能喝你的喜酒啊？"

五

佳惠走后，我有时还会去老托尼那，但这我曾熟悉的一切，彼时莫不使我黯然神伤。

秋色凄婉中，长安街上疏疏落落的阳光，飒然而立的秋凉，俨如一曲布鲁斯蓝调般忧悒。我不想使自己再一次陷入回忆的泥淖，但佳惠的面影还是出现了，她的温存，她的音容，宛然昨日般清晰，却再不复回来。

"什么时候走的？"老托尼一脸凝重地问我。

"上礼拜六。"我木然道。

"可惜了，她真是个好姑娘。"

我道了别，拉开门，独自往家走。秋雨细细地落着，一场秋雨一场寒，明天怕是又将冷一些。

过完年，没多少时日，考研成绩出来了，我被Z省大学录取，我便辞了工作，预备去读研。

临走前的夜晚，我最后一次去了老托尼的面馆，如往常一样，他一人在柜台后坐着，见我来了，他颔首笑了笑："来了。"

"唉。"我在窗口坐下。

不一会儿，熟悉的香气飘来。桌面熟悉的触感，熟悉的温馨灯影，熟悉的脚步，有些褪色的六号牌，这令人熟悉的一切，莫不使我觉得，那熟悉的人似乎不曾离去，她会轻轻在我的身边坐下，漾漾的笑，一如往日。

他在我身旁坐下，静静地看我吃面。蓦然间，我觉得喉头有什么东西梗住了，面有些烫，我的眼角不由得湿了。

"我考上Z大研究生了。"吃罢，我道。

"好小子。"老托尼不无欣慰地拍拍我的肩，"我就晓得你有这本事。"

少顷，他像是想起了什么似的，有些局促地问："那……什么时候走啊？"

"明天，明儿一早。"

"嗯，好的，好的……"

他又笑起来。脸上的皱纹推在一起，我竟觉得他有些苍老了。

"再喝一回罢。"我说。

临走前，老托尼把我送出门外，夜色中的长安街安睡着，曾经在它身侧匆匆来去的人们，有的会在明天旭日初升的时辰回到这里，有的却再也无法回来。

"日子总该这么过下去。"他笑笑，"六号牌我一直为你留着，去吧。"

"嗯。"我点点头，望着他回店，倏地想起，还有一个钟头，才会打烊。街上有些清冷，我裹紧了大衣，并盘算着明早出发的时间。

六

现在，我结了婚，在Z省省会J城过活。妻待我很好。她偶尔会化妆，我会对她说，这样更美。工作自是很忙，闲暇时分，我们也不时去趟电影院，她喜欢《这个杀手不太冷》，我却爱

《海上钢琴师》。

每每夜归时分，她总会很信赖地望着我，说："下次少喝点吧。"

宛如从前的岁月，在微醺中推开房间，她柔声道："又去老托尼那儿了吧，这么晚。"

至于H城，这几年回过几次，很匆匆地。我在这座城市中所经历的一切，都已颓然老去，那所有的怆然，到如今唯有未消的隐痛和藕断丝连的怀念。逝者如斯，我们唯有不断向前去。

老托尼的面馆亦不再去过，不知如今他是否还在那里，在那一个个清夜，迎接一个个夜归客。

先驱者

一

雾气般浓重的夜色，美得有些虚幻。

时间在墨色的苍穹中流逝，划过一道道洁白的光痕，宛若眼泪般凄美。细若游丝的意识在时间的泪雨中朦胧起来，泛出水样的色彩，在这层层涟漪中，透出隐约的面庞。世界清晰起来，就像一只刚开壳的蛋。

林宇从休眠中醒来，是公元2086年3月。

"他醒了。"林宇从模糊的眼帘中辨认出一个医生模样的人。

他身旁站着一名军人。

"睡了50年，感觉如何？"医生搀了林宇一把，使他勉强站了起来，"这些药待会儿去前面拿，要吃几天恢复机能。"

那军官接过显示屏，示意医生离去后，径直走向了这名航天员，使林宇看到了他那发光的军衔，尚不清醒的意识，提醒他应当敬礼。

"上尉同志，"中校轻轻按住了他正欲举起的手，示意他跟随自己，"你将获得一个月的休假，休整后，你将执行'先驱计划'。"

林宇感到一种电击般的抽搐，他迟钝的记忆中突然射入了一道强光，使之瞬间明朗起来，但这种灼耀使他站立不稳，就像经历过永夜的人害怕阳光那样。

他是一个先驱者。

中校不再说话，向取药处走去。林宇回过神来，环视大厅，他发现现代人没有什么大变化，只是略显高瘦，面色大多病弱而苍白。

"你的药。"中校向他短促地一笑，"欢迎来到新世界。"

"……呃，谢谢。"林宇艰难地说出了第一句话。

<h2 style="text-align:center">二</h2>

北京。

人们已经习惯于肆虐的沙暴，但对林宇来说简直糟糕透顶，即使坐在悬浮车里。

现在他格外想家，格外怀念那座千里之外的水乡小城，和这里相比，儿时里的蓝天白云、小桥流水，简直是伊甸园般的存在。当然还有父亲，可他已经不在人世了，据中校说，他死于2055年，在这个糟糕的时代已然十分长寿。

得知这些，他没有悲痛，只有一种坦然，毕竟没有什么能够战胜时间。这已是林宇生命中第八十个年头，但他只有30岁。

2010年，当林宇还是一个孩子的时候，他只能笑着品尝那些日子，那梦一般纯净的日子，都在金色的岁月里流去了，在时间的海洋中，幻出一个高大的影子，在他心里，那伟岸是永远的。

父亲是一个学者，在那时也并不出名，他只是默默地工作，和那个时代许多知识分子一样，把青春献给了事业。林宇很小的时候就失去了母亲，从那时起，父亲对林宇便更加呵护备至，他感觉父爱是甜丝丝、暖洋洋的，细腻而坚韧，就像冬天早晨驱走严寒的阳光。他参军后，每每在严苛的训练之余回味着丝丝暖意，心里便顿时宽慰许多，他知道，父亲在看着自己。

此刻不也正是冬吗？

加入先驱计划时，他28岁。这个计划是迫不得已的选择。两年前，中国北方的沙尘暴造成了电力瘫痪，东南亚海啸使数10万人遇难，加利福尼亚在飓风中满目疮痍，沙漠化在全世界范围内愈演愈烈……人类害怕了，就像一个打开了潘多拉魔盒的调皮孩子，不知所措地面对着这个凶险莫测的世界。也就是那一年，人们发现了这个拥有两颗类地宜居行星的星系，成了现实中的天堂先驱。计划随之启动。但按照人类那时的技术，3.6光年的距离，确实如天堂般遥不可及。林宇记得，在家门口的梧桐树下，遥望着小城的阑珊灯火，那个年轻的先驱者曾经问父亲：

"人类有未来吗？"

车窗外咆哮着灰黄色的风，小小的悬浮车像一叶孤舟，在汹涌的海洋中起伏摇摆。夜已深了，远处隐约闪着灯火，如鬼魅般神秘而恐怖。

林宇感到一丝寒意，又是一个无月的晚上。

但他记得父亲的回答，在夜空中的银河星海之下，那是一张坚定而温和的面孔，在时间和岁月里微笑着……

林宇在日出时分醒来，沙暴已经退去，在华北平原一望无际的沙海之中，一轮朝阳冉冉升起，把沙漠染成壮丽的血红。隔着车窗，林宇看到了那轮硕大的天体，很亮。

三

陌生的故土。

林宇站在了故乡的土地上。听乘务员说，今天是难得的好天气，没有风沙，可天空依然阴沉得可怕，空气中还夹杂着丝丝刺鼻的气味。50年，改变了太多，在这个城市里，他再也找不到一丝熟悉的感觉了。建筑都已翻新，儿时市中心的钟楼已经失了踪迹。他记得那钟声很厚重、很亲切，就像时光老人的脚步，他就是在这钟声里成长的。现在他长大了，回来了，一切都改变了。

这是一条人行道，两边穿梭着穿着新颖的人们，步子很快，没有人说话。

作为一个军人，在参军之后，家的感觉便淡漠了。这仅存的依恋，都是由父爱带来的温馨所维系。而今，他与这座城市的一切联系，儿时在这里洒落的全部笑声，都随着父亲的离去而散失了。

这就是时间吗？林宇笑了笑，加快了步子。

这栋小别墅——林宇故居，在21世纪50年代被拆除，现在坐落于此的是一座大型图书馆,建筑风格有些复古,颇有江南园林的味道,只是如此浑浊的空气和阴郁的天宇不相适应。

"林先生,这图书馆是令尊集资建设的。在您休眠后,他一直致力于对人类的精神文化的拯救,并创办了这座博物馆性质的图书馆,成了第一任馆长。他去世后,照他遗愿,新馆址坐落于此。"得知先驱者来访后,馆长亲自热情接待,用崇敬的眼神注视着这个年轻人——根据政府发布的公告,他将在几年后永远离开地球,踏上3.6光年的不归征途。

林宇的心被触动了。

馆长接着说了什么,他一句也没听到,一种亲切的归属感,在这已陌生了的城市里油然地升起。他骄傲,为父亲,也为自己肩负的使命。他有一种强烈的呼吸的渴望,他想大口大口地呼吸,就像自己小的时候,冬日里和父亲在这小屋子前的柏油路上奔跑的时候,他跑在前,父亲在后,在冬阳下吸一口清甜的空气,呼出一团团水汽,看它们在风中散去,像蒲公英那样。

跑累了,父子俩便坐在路牙子上看落日。父亲总把自己举起来,用他坚实的臂膀把自己高高地举起。

"美吗?"他听见父亲问自己。那声音很柔和、很厚实,在轻风中散开去。

"美极了。"林宇心里说。远方的灰暗之中,隐约浮现出黄昏的红色光晕,像一朵血红的花,在木然的天空中怒放着,不屈而壮丽。

唯一不变的是时间,但也有时间无法改变的。

他知道父亲在看着自己,在茫茫星海的某个角落。如今,他也终于可以为人类做些事情了,以亲情和爱的名义。

人类有未来。

四

两年后，秋天，落日的酒泉。

一辆辆色彩各异的悬浮车驶进了宁静肃穆的发射基地，穿过散去的沙尘，在夕阳下，宛如一条长龙。

数十年的时光如白驹过隙，这里已经成长为世界规模最大、最现代化的发射基地。在大漠的风沙中，矗立着一座新建的航天纪念碑，显示着中国航天不可撼动的地位。对这一切，林宇都感到一种陌生的熟悉。远处那座高大雄伟的发射塔已经不再使用，孤傲地耸立着。斜阳残照，没落了那曾令自己、令全中国人骄傲的身影。不知怎的，林宇产生了一种错觉，那巨人的身体正缓缓黯淡下去，向后退去，一寸寸地，向着地平线外的远方。

他隐约听到了歌声，有些悲壮。

悬浮车在新建的航天飞机起降台边停住，下了车，林宇看到了"无垠"号被大气层灼烧得斑驳的外层。他将作为唯一一名中国先驱者，乘坐后，赴"国际"号空间站与各国的优秀航天员会合，登上"先驱"号核聚变动力飞船。

身处苦寒的大漠，他却丝毫没有感到寒冷，他已经习惯了这套现在轻便的航天服。两年多的训练，他曾无数次思索自己的使命，今天望着不远处送别的人们，他再一次坚定了信念，这是一份跨越了时间和空间的承诺。

一排齐刷刷的军礼在他眼前闪过。西北的寒风，并没有改变军人们庄严的神情。现代人做事简洁，送别仪式显得简单而悲壮。

"向您致敬，先驱者。"一名上将走了过来，和林宇互礼后握手。林宇认得这双手，这双粗糙而苍劲的大手，使他想起他那个时代的军人们，想起见父亲的最后一面，是2036年，休眠前，自己向父亲告别，父亲没有说太多话，只是领着他走过儿时的阡陌小径，在小城的街道上穿行着，最后父亲再一次用他苍老的手抚摸着儿子的手——那已是一双军人的手。林宇还记得，那时父亲的眼神是平静的，脸上浮现出一丝苍老而宽慰的笑。

"去吧，儿子。爸为你骄傲！"

"无垠"号的舱门关闭了。不知何时，他已经系上安全带。他看到了窗外的人们，那一排军礼仍高昂地举着，使他很感动。

在落日的阴影里，他胸前的中国航天标志，闪烁着蓝莹莹的光，在舷窗上隐约映照出一张年轻的脸庞。

发动机轰鸣着启动了，这一天是公元2088年10月15日。85年前的今天是中国载人航天起步的日子，在那荒凉戈壁中的每一个人，都看到了那颗落日中冉冉升起的星。

尾声

孤舟。

在太空中睁开眼睛，久违的感觉。

他想到了在很久之前，仿佛是时间未开始的时候，他曾来过这里，他熟悉这里，它像一条鱼儿，这里是他的海洋。

那轮金色的硕大天体缓缓湮没在那颗蓝色的小小星球身后，没有余晖，只透过一丝不甘的光亮，留下一抹最后的也是最耀眼的美，就像他儿时站在江南的平野上看到的那轮落日。

人们又将度过一个夜晚，没有月亮。

他看到了孤舟那船体，轻盈地漂浮在黑色的海洋中，显得那样渺小，散发着细弱的光，像一片银箔，单薄而纤细。他将去到那里，这是他的未来，或也将是人类的。

孤舟渐近了，近了，在恍惚中，他看到了黑暗中的闪烁着的眼睛。他想到，很久以前，那个12岁的男孩仰望星空的时候，他看到的天空就是这样的。

最后一缕金色的光辉在真空中散去，在这块无际的黑暗天鹅绒中，夜，降临了。

夏梦

一

我想我之所以成为我，有两个刻骨铭心的年岁，一是十余岁时的叛逆与疯狂；二是初二那一年，使我产生了我将永存于心的美好品格，同时也终于结束了属于孩子的迷惘，我也终于开始前行。

二

2015年夏天，天空很亮，那些夏天的时日总使我想起儿时的梦境，我在天空上，天空很蓝，我是天空，我看着田野，一个男孩的奔跑，我在奔跑。我是田野。我是一切。

那种感觉很辽阔。我不知道对我而言，这些日子是否算是一次重大的变革，但我的故事也确实发生了，这改变了一个少年。

……

我走出考场，捧着我的笔盒。耳畔跃动着含糊的叫声、笑声、脚步声。

阳光格外扎眼，使我有些眩晕。

那天是一个普通的黄梅日，那年，我14岁。

"林羽，走吧！"我听到徐泽清的声音。

"欸。"

我回过头去。

考生已散去大半，只剩下零星的人影，或争论着，或嬉闹着。

午时阳光把门外的班牌涂抹得粲然。

我跟着徐泽清，一路挤过走廊，楼梯上人流更甚。

而此刻他却俨然一副淡然的神情，和我并肩行着，使我很难看懂他的心思，亦难将他和那一副眉飞色舞的嬉笑神情联系到一处。

"走快点吧！"我见楼梯上人渐渐多起来，便加快了步子。

"你要先走就自个儿吧！"

我便径自挤下楼梯，见他没跟上，自觉没趣，便倚在墙上等。

大红色的廊柱在阳光下投下一道道微斜的影子，很优雅地仰躺着，延向走廊尽头的办公室。我一根根地数着。

空旷的窗台上停落了一只彩蝶，在阳光下，在驳乱的人影中，很好看。

上午考完试，过完10点，暑假也算是开始了。

我和徐泽清走出校门，短短的围墙，隔开了两世界，使人顿感轻松。

没有人说话。

"你去哪儿？"徐泽清忽然回头问。

我感觉世界一下子很安静。

"……去我爸学校，一起去吧！"

"嗯，算了。"他的脸上浮现出几许不自然。

"那我走了。"

……

我在十字路的转角处放慢了步子，过了一会儿，他跟了上来。

不知为何，正当午时，我竟有了一种夕阳西下的悲凉壮阔，那还是我是仍属于一个乡下小孩对的感觉，这里有我的夏天我的梦，在2009年之前，我属于乡村。

三

一段梦境：

很高、很高的云，很白。

我躺在金黄的夏天。一个小男孩躺在金黄的麦子间，我看到他的微笑，很小，很小，就像微风中的麦田。

很蓝、很蓝的天，透过斜斜的麦梢，他在笑。我可以听到来自土层深处的鼻息声，它在沉睡。

那个男孩正睡着，很香甜，这里是他的家，他是乡村的孩子，他曾奔跑，在这里奔跑；他曾仰望，用他闪亮的黑色的眼睛，望着我，他的淡黄的脸蛋上，荡漾着微笑。他望着我，我是天空，我是湛蓝的魂魄。

我望着他。我看到一个夏日金黄的影子。他奔跑。

我奔跑在田野上，我金色的足迹，闪着阳光，很美。我微笑了，就像微垂的麦梢，风拂过麦田纤细的小陌，我的汗水落下，锻作阳光的玉石，洒下。这是我血液的流淌，我能听到，稀疏阳光下的大地的脉搏。

我奔跑。

假期开始的日子里，我也的确舒服地过了几天日子，只是总感到日子的躁乱，即使是得知大考的分数十分理想后，也并未提起精神。

"再过几日便由不得你如此疯了。"父亲说。

这话便使我烦乱起来。那便愈是去疯。

"你是不是疯掉了！"徐泽清在我骑坏他的车后，冲我狠狠发了一下恼，"考得好了就了不起啊！"

我不说话，只是坐着，等徐泽清近了，才忽地叫："没错，我就这么疯！"

他便追我。

"我就这么疯！"

……

等到玩累了，我们便在公园的石椅上狼狈地斜躺着，时已黄昏，霞光模糊了我们的脸。

"什么时候写作业？"我问。

"写什么，八月份再说。"

"就你这样，活该没考好。"

"你……"

"谁叫你懒成这样。"

"这次是失误，好吗？你说谁会把'法布尔'和'高尔基'写反，我要不是抄错，说不定也弄个一百块奖学金。"

"唉，你这样日后完蛋。"

"你才完蛋。"

"你真是……"

"那你有什么打算吗？"徐泽清打断了我，"你小子说我没前途，你呢？"

我爬起来，他依然一副嬉笑嘴脸，却使我有些不寒而栗。

最后的一缕阳光安详地躺在不远的草坪，我望着它，竟感到丝丝凉意，并也平生第一次感到了夏日的空寂。

四

拿过报告单后，我便不再往外跑了，安心地窝在家里写作业。

我写得极有效率，正确率也颇高。时至今日，每当我做作业"磨洋工"时，想到那些短暂的用功日子，便立刻自愧不已，很长时间不生歪念。

但作业终于使我厌倦了，在那些骄阳似火的日子里，人的耐性仿佛也如那短暂的阴凉那样，一丝丝地被日头消磨着。

任何事都难以提起我的兴趣，我常常闷头睡到中午，起床随意地写些作业，甚至连电视电脑也常让我觉得无趣。

我很期待着风，凉爽的风。

一段梦境：

我是一个孩子，我在田野上。

田野上的风很凉，仿佛那是一面无形的流动着的墙，她贴着我，使我不会受到阳光的烧灼，并给我一种奔跑的快乐。我闭上眼睛，我是风。

我感觉到身体的轻盈，再听不到脚步声。我想起我很小的时候，大人都惊诧我的白皮肤不会晒黑，现在我明白了。我是风。

我像风一样奔跑，不害怕阳光。

我像是故意考验自己的耐性似的，一连一个月宅在家中，除了学琴，我哪儿都不去。

"再这样下去会肥死的。"母亲和我开玩笑，"看你肚皮都鼓出来了。"

我过了一下体重秤，已破一百四大关。

"多重啦？"母亲从一旁探过头来。

我不说话，径自拐进房间。

二年级后，我便不再对运动有什么兴趣，在搬离乡村后的两年内，我把一个文弱的白胖好孩子形象演绎得淋漓尽致，以至于小学同班的同学无一例外地称呼我"胖子"。我在体育上的一点突破都被夸张地演绎为"奇迹"，这使我长时间地置身于自卑中，难以抬起头来，这种自卑并未随着六年级之后的那种外表和性格的改变而消失，反而时时隐痛着，苟延残喘却坚不可摧。一直到现在，这种使我身心俱疲的自卑仍使我时时痛苦，使我为体重上的微小变化和他人的言语而激动或失落不已。

这真的使我感到一种衰老的暮年气息，使我长时间来对他人所激动的比拼漠不关心，我甚至自欺欺人。

"他们太幼稚。"

我对自己说。从前一直想自己一定是过了争强好胜的年龄才会如此，现在想来应是还没到。

五

到了八月，天气越发地燥热，我的耐性也愈来愈不可遮蔽我那颗赤裸裸的心，我也越发感到无所事事。

就在这时，一个偶然事件彻底改变了我的假期，甚至改变了我。

八月中旬的一天，寻常的午后，我在客厅桌上翻到了一本书。

这是学者余秋雨先生的著作，封面是淡淡青蓝色，四周留白，中间偏左些写着两列小字：

以文字追述文明消逝的沧桑，
用镜头记录历史遗落的明艳。

正中四个金黄的大字：

行者无疆。

我抚摸着那一页页洁白，窗台上洒下的一簇午时的薄阳，经它们笼上圣洁的光芒。

一段梦境：

看，那是白鹭，闪动在窗外的水田。

那影子很洁白，忽地却再不见。

外婆说这里是保护区，为什么要拆掉啊？

我抬起头，渴求着一个夏日的白色梦影。

你为什么不回来？

天空很蓝，倾倒着阳光，给红色的高大砖房抹上耀眼的灿辉。

他和我同岁。

在一片金色中，我抬起头，那是曾祖母最骄傲的尖塔顶，阳光的薄衫，将它笼罩在一片静谧的虚无中。

你要走了吗？

我们都是曾祖母的孩子，你要去哪儿？这里才是家。

那片湛蓝的天宇下，远处的树林里，是那白色的影子吗？

我暗暗对自己说：

"我不会让你走的。"

六

我开始读书，我的心很安静。

我更长地把时间花在书桌或是沙发的靠垫上。我读书。我感觉到精神上的满足，这是从前的玩乐和被迫的学习所不能带来的。读书应是一种主动接受知识并感到愉悦的精神享受，那些行走于文字间的日子使我更加深刻地领悟这一点。日后每每看到有望子成龙的父母想方设法逼迫子女阅读名著时，我便禁不住从内心升起一股长大了的优越感，并且发自内心地感谢那段重拾书本的时光。

日子一天天过去，时光荏苒，只有窗台的阳光，恒久不变。

《行者无疆》在这些日子里时刻影响着我，它把我引入了一个更开阔而遥远的世界，虽然那是这个大陆的另一头，但是欧洲，在作者的笔下，她美丽却略显神秘的面容清晰地刻印于我的脑海。

我仿佛也随着那一笔笔娟秀的中国字，漫步在空空如也的罗马街头，穿过阳光下的林荫大道，在北欧的雪夜烤着火，执笔思考文化与人生。

我不知道如何准确形容我的心情，大概"快乐"最佳。

书本果真有着它别样的神奇，它使我不再烦闷，倒也是安静了许多日子，并使我产生了模仿和一试的念头。心里总痒痒着，总想写下些什么。

我也便这么做了，在那最后的十几日时光中，我摸索着写就了我人生中第一部短篇小说。

我用拙劣的文笔讲述了一个有些奇幻的故事——一个青年用生命寻找因战争而失去的阳光。我写作极为投入，我相信这也是我难得的几个好习惯，凡是我感兴趣的事物，我便会用心做，并达到废寝忘食的地步。我常常忘了上厕所，经常等到身体上的不适已经影响了思绪时才会极不情愿地停笔，随着故事的发展，我的心情随着我的笔尖颤动着，不顾父母早睡的催促，有时连饭都忘了吃。

父亲说："这小家伙魂丢了。"

　　当写完这个小小的故事时，画上最后一个句号的一刹那，我感觉到了轻松和满足的快感，那是之前从未有过的。

　　那时正是夜晚，我望向窗外，月影葱茏，真有恍然隔世的感觉。我闭上眼，前方忽然明朗起来，我终于发现，在有意无意间给了那天的徐泽清一个答案，也给了自己一个答案。

　　忽然就着月下孤灯记起许多年前，在一堂语文课上，老师问大家日后所希望的目标，她点到了我的名。

　　一个小男孩站起来，朗声回答："老师，我想当一名作家。"

　　夏夜风习习，吹在身上，凉凉的，很舒畅。

七

　　一段梦境：

　　太阳很好看，像用红铅笔细描了一番，将阳光散在昏黄的风里。

　　爸爸妈妈往车上搬着东西，为什么，难道要走吗？

　　那辆小汽车在太阳底下闪动着。它的肤色金黄，使我想到田野。

　　你要去哪儿？那座小屋子才是你的家。

　　它不说话，虽然它已经两岁了。我慢慢走过去，它的面孔很亮，闪烁着稚童的光芒。

　　没有人回答我。

　　余晖下的红砖房已被搬空了，但看起来还是那么耀眼，那样鲜红地笑着。

　　我以后还能再见到你吗？

咦？外公外婆，还有太奶奶，你们怎么不说话呀，太奶奶，你为什么哭了？

我不知道。

他们为什么不说话？

我停下来，看着黄昏的彩色霞光。

这真美。我想。

晚霞鲜红，我看到了一轮升起的太阳。

不久前，同样在一个夏日的黄昏。饭后，父母带着我去散步，我们一路走出小区，走上一条新建起的柏油马路。

红色的晚霞染红了天空，格外美丽。

"真美啊！"母亲说。

"爸，我们从前的老房子大概是在哪儿？"我问。

父亲微微沉吟。

"就在脚下。"他说。

我抬起头，很开心地笑了。

云霞格外鲜红，就像儿时的砖房。

"看！那是鹭吗？"母亲忽然叫起来。

我顺着她指的方向望去，远处的日暮树影下，闪过一抹圣洁的白。

有风飒然而至

一、早天

H城的清晨，空气中总漾了一些迷惘，些许若阳光般无可捉摸的忧伤。许许多多的清早，我在这朦胧中醒来，又复睡去。

我反反复复地、麻木而惯常地接受着一个又一个早天的拥抱，在眼帘初开，阳光将入未入之时，感受它渐渐淡去、无以言表的温存，唯有时间疾步从我身侧流去，悄然带走一个个昨夜、一夜夜不眠。

在满溢着阳光的早天，时钟停转，霎时万籁俱寂，睁开眼时，恍然间真有那样一种错觉，仿佛我却已醒来，昨日的一切，业已如烟消散。

二、白日和行雨

自初中毕业，到H城一中之后，我的生活仿佛一成不变。每日早早醒来，怅然若失地拿目光去数阳光涂抹的防盗窗栏杆。夏天的早上，那清冷的金属光泽揉进了金色，入目也颇爽心。约莫数到第九根时，父亲便会敲门喊我起床，每每如此。

开学已有几个礼拜，老实说，这确实是不错的学校，虽然至今也不过20年的历史。时间，沉淀下恰到好处的美和质感，触目的天宇，或晴好或灰蒙，皆将这几幢错落有致的教学楼，衬得悦目。谁晓得，也许我就是喜欢走在水泥路上的感觉，喜欢米黄色的楼，喜欢雨后早晨走入校门，扑面而来的湿润的泥土气息。

然而，把这晚夏的校园的阡陌小径走过时，我时时感到陌生，周遭的一切，莫不使我感到一种凄然的美。

轩在去云城上学之前对我说："逸，你信吗？总有一天我会把你忘掉的。"说完，竟还释然地笑笑。哪个晓得他这个大男人是怎么想的，临别了竟也说这样的鬼话。而今却愈想愈哀起来，不知他忘却了我没有，而我却终无法将他抛之脑后。想来倒有些不好意思，但我确乎只有这一个朋友，我无法抗拒的，亦只有回忆。

有几天没落雨，碧空如洗。

听说一中的文学社是很不错的，这几日又正赶上招新，便同晨商量着同去参加面试。他略一踌躇，仿佛不太情愿，可还是去了。

从试场走出来，他漫不经心地问我："喂，感觉怎么样啊？"

"还不错，不晓得能不能进。"

"你总没问题的。"晨很肯定地说道，"我嘛，就是走走场子罢了。"

我真希望他那波澜不惊的话语，真就是最后的裁决。其时，正是九月的一个午后，仲夏的骄阳虽尚存，而浸了初秋的风拂面而来，也叫人心旷神怡。蓝空、纤云，四面的草木青翠欲滴，这晚夏的景色，仿佛真是一个很好的预兆。

校园广播里正放着贾斯汀·汀布莱克的《离家五百里》，绵长的歌声久久萦绕心头不散，我不由得轻轻哼起歌来。

"If you missed the train I'm on, you will know that I'm gone..."

那夜自然又是失眠。

翌日，却又是一个好天。早上起晚了些，到校已是过了7点。想到今日将出结果，心中便是惴惴不安。一路上，直想着昨天那短短几分钟里的事，总觉得有几处答得欠妥，有时却又无端地兴奋，竟生了势在必得的自信。如此反复了一个上午，简直是着了疯魔。

将要吃中饭的时间，晨和我一起走出教室。我见他面色有些凝重，便问他："怎么啦？"

"呃……逸，"他顿了顿，仿佛词穷似的抓了抓头发，轻声道："今早，文学社来过人了。"

我们久久默然，宛若细雨落在草坪般的静默中，一路并肩行着，走着我人生中最长的一路。

我没有感到心中有什么痛感，唯有木然。

吃过饭，天倏地变了，竟落了行雨。

蒙蒙的雨幕薄薄地将校园笼起来，在这迷蒙之中，隐去了远处的建筑，天地也豁然小了，一切都美得纯粹。

同学们纷纷挤在食堂屋檐下躲雨，有的开始往教学楼奔去，有的撑了伞，不慌不忙地走着。

我慢慢地往教室走去，雨滴落在身上，触感很凉，许久不在雨中走过，此时竟产生莫名的熟悉感。心里的雨飒飒婆娑地落下来，使我产生了哭泣的感觉。

雨珠打湿了我的头发、我的衣衫，顺着前额，落到我的面颊上。我全当那就是我的眼泪，我心里的雨就是我的眼泪。

不知什么时候，歌声响起来，午休的歌声，在雨中那样动听地响着：

如果你错过我的那趟火车

你就该明了，我已离去

你会听到火车汽笛，绵延百里

一百里，又一百里

一百里，又一百里

你会听到火车汽笛，绵延百里

一百里，两百里，渐渐远去

三百里，四百里，再回不去

不知不觉，我已离家五百里

……

三、暮色和永逝的往昔

上初中那会儿，轩很喜欢听披头士，我却总觉得他们的歌太吵，便笑他大概是受了《挪威的森林》的影响。这倒真是本很棒的书。

"你会喜欢听的。"轩却很有把握似的说，"我赌五毛。"

当暮天的落日凝作一抹金色，将 H 城的街巷染遍的时分，那一盏盏的灯，便同那满天的星一起，点点地亮起来。

下了课，参加夜自修的学生纷纷走出教室，往食堂走，一时人声嘈杂，足音踅然，俨如一部杂乱无章的交响乐，回荡耳畔。

晨一改白天的镇定，一路上不时和我插科打诨，混迹于身着洁白校服的人群中，我们有说有笑，这一路亦开心自在，恍然回到从前，我和轩一起走去吃饭的日子。

他会对我说，他上周末看过的电影很棒，他最爱《肖申克的救赎》，我则喜欢陈凯歌的《霸王别姬》，或是又找到了一本好书。他让我读海明威，我却偏爱村上春树。轩只喜欢村上春树一部作品，便是《挪威的森林》。轩酷爱欧美音乐，甚至为了找到猫王的一首冷门歌曲而兴奋不已，现如今，听猫王的人怕也只有他了。

想到此，不由得笑了。晨自是不解，他埋下头去喝汤，嘴里含混不清地说着些什么，大约是催我赶紧吃饭。

开始听披头士是初三的事，乔治·哈里森的《亲爱的上帝》自此成为我的最爱，尤其是歌曲开始时的那段旋律，简直令人心醉，那感觉无以言表。那时候，我会和轩常常争执不下，《太阳从这儿升起》和《昨日》哪一首更好听？

头顶的电扇吱吱地响着，我才发觉食堂的天花板很高。白昼将逝，食堂里已浮起凉爽的夜晚气息，汗湿的校服风干了，贴在肌肤上，凉凉的，很是惬意。

晨麻利地吃完饭，一声不响地走了。这使我一时慌张起来，只得随意地扒了几口饭便往门外走。我想，他也许就在食堂门口等我，待我出去，便会露出他那张略带傻气的招牌笑脸，可一直到我倒完了剩饭，他也没再出现。

从前，轩总是会等我吃完了，再和我一同回教室去。他会很安静地坐在我对面，把目光投向窗外去。我不知道他在望什么，也许只是窥见了倒映在窗玻璃上的自己，宛如在地平线上的那端，望见自己的背影一般。那时我才发觉自己的渺小，宛如那段美妙的旋律，在我心中再次响起来，却使我不由得战栗。

门口的广场上星星点点的灯，和那暮色中的繁星一起亮了起来。我洗过手，在暮色中，一个人往教室走去。

四、清夜和不眠

下了夜自修，拖起疲惫的身躯，顺着昏黄的灯走出校门去，坐上父亲的电动车。

夜渐深了，小城中万家灯火，街灯投在街面的青白光晕，还有那柔顺的晚风，莫不使我身心舒畅。

月亮在天鹅绒般的云层中隐现着，显得娇小。我的一天便如此终了，到明天，只需要到明天，我就可以把它遗忘。

我绝非那类沾枕即着的人，从小就实难入眠。我曾经问过曾祖母，怎样才能安然入睡？她笑了，答道："乖孙囡，你只要多想想'我要睡觉'，就可以很快睡着了。"

我试过几次，可收效甚微。

曾祖母病殒后，我哭得很厉害。那时我不过上初一，但死亡还是和我童年的逝去同时来到。

按本地的习俗，葬礼上，长辈们把曾祖母的遗物收敛起来，放在火盆里点着。人们绕着火盆转着圈，殷红的火苗高高蹿起，在夜色中妖娆地舞动着。它映出素白的孝衣和或假意或真心的泪。

我明了，终有一天我也会如此死亡，关于我的一切，都将荡然无存。

这火苗吞去的不仅是一个老人最后的遗物，还有一个孩子的童年。我也终于了悟，曾祖母安然地睡去，是因为她心中的纯净和安宁，而我的夜不能寐，则是我有太多的杂念。

清夜太近，我的梦太远。

我开始盼望下雨。夏夜里亮彻天空的闪电，余光洒入窗帘的时候，雨便瓢泼而至，宛若在我心中洗去我的杂念，竟使我感到久违了的快慰。

在雨声中，我安然入睡。

明日，我醒来的时候，将不复是昨日的自己。昨日的我已然被忘却，不知在哪部影片中听到过这样一句台词："梦中的人们，永远不知道自己在做梦。"

五、初秋和仲春的街

雨落了停，停了又落下，走在这秋色宜人的街道，心中也清爽。秋风飒然而至，竟裹了些微寒。我不知道我行走到何处，亦不明了我将走向哪儿去，我只是不断地向前，不断地向前走去，仿佛这样便能逃过时光的近逼。逃过回忆，我在这不知何处的仲春街道上，彳亍向前，并不时扬起头来，希冀在这苍白的天宇中找到一丝光亮的痕迹。

心链

琴孤身走在回家的路上。暮春的街巷弥散着新雨的气息，柔软而迷惘。

她知道她的"丈夫"在等她。

推开门，琴觑了眼狭小的客厅。它正坐在沙发上，双眼暗淡而无神。见她来了，却仿佛突然来了精神，很殷勤似的起身上前，嘴角漾着不可救药的机械笑容：

"回来啦！我一直在等你。"

琴面无表情地听着熟悉的声音从这具冰冷的躯壳中传出。兀自把湿漉漉的外衣挂上衣架。

"离我远点，我再说一遍，你不是我的丈夫。"

她冷冷地望着它身体僵硬的线条，它棱角分明的脸庞，它无神的双眼。它简直像极了加伟。

"加伟"的身体发出轻微的轰响，琴知道这是马达开始运作，程序正在运行——决定它将说的下一句话，用加伟的声音。

她感到厌恶，转身走向厨房，打开煤气灶。

"可是我很想你……"在油烟机的轰鸣掩盖一切之前，它说。

琴像遭到电击似的，周身一颤，几乎无法自持。她扶住墙壁，手中的遥控器滑落在地。泪水涌出眼眶，划过脸颊，宛如一条断了的珠链。

这个 Soul 公司出品的"心链"伴侣机器人是上个月父母赠予琴的生日礼物，那时距离加伟的死已有整整一年。尽管琴坚决反对，但这个不速之客还是在此住下了。这个仿生机器人拥有加伟的一切，这是加伟上战场前拷贝的，从外貌身形，到记忆性情，几乎别无二致。但它空洞无神的眼睛和冷冰冰的外壳出卖了一切——它不可能是加伟，它只是一个杂糅了自己的思恋和丈夫回忆的怪物。

在"心链"刚上市的时候，客户主要是那些丧偶的老人。他们拷贝下去世伴侣的回忆和音容笑貌，录入这些冰冷的机器，借此陪伴自己度过孤苦的晚年。后来，战争爆发了，在各地拷贝中心前排队的变成了军人。他们在踏上疆场前定格下自己的笑容和俊朗的容貌，仿佛如此便可以减轻那一夜夜辗转难眠的哀怨。

琴一直对这种做法颇为不齿，即使在加伟死去后，她也没有想过要让这个家伙来代替他。但当她见到这张熟稔而陌生的面孔时，她终于意识到，自己是多么想他。那种思念深深地刻入骨髓，宛如罂粟花朵摇曳着致幻的美丽，指尖触及现实，又带来无尽的痛楚。

琴当然记得他们的初见，那是五年前，在家乡的一家酒吧，失恋的琴遇见了加伟，她把身子俯在吧台上，边喝酒边哭。

"小姐，你怎么了？"她哭得昏天黑地时，听到嘈杂的耳畔传来清朗的男声。

她抬起头来，大概是惊艳于她带泪的美丽，加伟英俊的脸上泛出一片红晕。她没说话，只是继续哭，最后哭到了他的肩上。

……

一年后，他们结婚了，新婚燕尔总有诉不完的衷肠。可加伟是军人，两人总是聚少离多，不过这丝毫不影响他们的感情。只要想到加伟的笑容，琴就感到丈夫就在身边，用他颀伟的身影，支撑起她的全部。

飒飒的春风从敞开的窗门穿过，抚摸着卧室中的黑暗，清白的月光浅浅地浴着深夜的城市，勾出房中的光景和静谧。

琴了无睡意，索性起身坐在左边床沿上，她从未真正习惯孤眠的滋味，即使睡在右边的人再也无法回来。

她随手从床头柜上拾起一支烟，点燃。这一点火光在她唇边一抽一抽地闪烁。她惯常在深夜独自享受痛苦。

"你还没有睡啊？"

墙角传来的声音吓得她一愣，手头的火光一抖，一小簇烟灰落在地上。她听出了声音中透着小心、透着温柔，也听出了这声音来自那家伙。

"学得可真像。"她小声嘟囔着，暗自埋怨自己睡前忘了关掉它。她拾起遥控器，可心终究软了下来，又颓然放下："反正它早上又会自动开机的。"

"你别抽烟了，对身体不好，最近你的身体状况一直不好。"它得寸进尺似的向她走来，柔声说道。他的步伐很木讷，可又稳重，像极了加伟。

"别管我。"琴竭力按捺住心中的伤情，故作冷漠地说，"别出声了。"

它顺从地向她一笑，机器轰响声又响起来，在沉沉的夜色中，一切都不再清晰，真实和虚幻陡然失去了分别。琴分明看到它在笑，不是脸部马达转动出的那种机械笑容，不是皮笑肉不笑，而是微笑，温暖的微笑，只有人类才拥有的，唇角的肌肉调动起每一个细胞漾出的笑容。

月光勾勒出它英朗的侧脸，勾画出它唇间、眼角、眉梢的笑。

"加伟。"琴失神地伸出手去，抚摸着它的脸颊，刹那间，这熟稔于心的触感跨越了经年的分别，穿越了生与死，远隔阴阳，向她掌心袭来。

　　加伟出征前，琴送他到高铁站，目送他上了车。那天加伟穿着熨得笔挺的军装，提着行李，显得分外英挺。秋阳把他的一身戎装染得金黄。

　　上车前，琴落了泪。他伸出手替她揩去，并潇洒地笑了笑，吻了她的额头。

　　"别哭了，宝贝儿。"

　　他还不无俏皮地做了鬼脸，她笑了。但他却旋即转身径自走进了车门，这时他像倏地想起了什么似的，回头对她说：

　　"放心，没有什么会把我们分开的！"

　　列车一节节地从她面前飞驰而去。她一遍遍地默念着这句话，直到夜幕降临，她才突然回过神来，从空无一人的站台上返身走向便利店，然后一个人坐在空空如也的候车大厅，抽了她人生中第一支烟。

　　五个月后，她接到了丈夫的阵亡通知书，还有一份拷贝有加伟记忆的硬盘。

　　翌日，"加伟"照例将她叫醒，然后迈着迟滞的步伐离开了卧室。

　　她感到头脑一阵炸裂般地疼痛，昨夜的一切都宛如历历在目。

　　她拖着沉重的身子走向门口，准备去上班。它早已等候多时，她知道它会和自己说再见。

　　她凝望着它无神的眼睛，正如许久前的秋日，她凝望她丈夫的眼眸。

　　机器的轰鸣声响起，"心链"运行着自己的算法。

"我爱你。"它说。

"我也爱你。"她说。

阳子

下午四五点钟的光景，秋阳渐渐失了热情，只慵懒地照拂着，并把楼宇树木的影子长长地拖起来，好叫人们习惯，没有它的日子。

我背着书包，走在校园的林荫大道上，树影斜斜地倚下来，在金黄的微风中轻轻摇曳着。那风很温存，抚过脸庞，甚是惬意，前面三三两两聚着些结伴回家的学生，他们在大声地交谈着，至于其内容都是游戏啦、明星啦、八卦啦，再者就是言情小说、无脑热剧，我不屑听，也懒于听，这就是所谓新时代少年吗？我不无揶揄地自语，不禁失笑。

脚下的落叶发出簌簌的响声，他们失去了我的足音，使我轻捷地行走起来，树影葱茏间不时漏下一处灿然的阳光，使我顿觉明亮。

我想，我孑然一身。

一如往日，我在自己身边竖起高墙，没有人愿意接近我，我也不希求与人交流，如此甚好，我乐得独自享受寂寥和孤独，况且我和他们永远不是一类人，永远也不会是。

"其实你们没什么区别呢！"那个少女的声音又一次在我耳

边响起。循声望去，少女温暖的面庞飘入我的眼帘：她穿着一件米色半袖衫，清风拂过，勾勒出她袅娜的身姿来。

"你怎么来了？"我感到脸颊温热，轻声说道并躲闪着她探寻的目光。

"我吗？你需要我的时候我就会出现的。"少女不无羞涩地笑笑，伸手摸了摸额前的发丝。

"哎，小林君，你真的认为你属于孤独吗？"少顷，她微启朱唇道，"我想，你会需要朋友的。只是不喜欢他们的个性吧。我说你带着厌恶他们的心理，那就只能是糟糕的，就像贴了标签了呀，可是这样……"她眨了眨那温情的眸子，嫣然一笑。

我黯然："我不知道，快上课了，你该回去了。"

少女招手道别，转身欲离，"对了，我叫阳子。"她说。

阳子的话一直使我不可忘怀，在心中喊着，如影随形，这使我愈发渴望见到她。

进了初三，体育课便不再令人快活。为了体育升学考，长跑啦，跳绳啦，都是家常便饭，同学们都叫苦连天、怨声载道，唯我不发一语。主要是我耐力不够，于我而言，这些很轻松。

有一天长跑后，我独自坐在篮球架下，无神地凝望着空旷的天空，想着阳子的话。

"小林君，今天你跑得很棒呢！"耳畔掠过一个少年的身影，这颇使我诧异。谁会搭理我呢？我回头看了来人一眼，原来是同班的小泽。我冲他笑笑，原想他会走开，不料他似乎对谈话产生了兴趣，径直在我的身边坐下。

"我……跑得有些没力气了，可是看你从容不迫的样子，就又来了劲，最后几乎是跟着你跑的呢。"小泽善意地笑笑，用纸巾擦抹着脸上的汗珠。

"你过奖啦！"我不知怎么回答他。

"对了，小林君，你是在读《围城》吗？"我点头。他大约从我桌上看到了吧。

"那好极了，我也在看呢。还记得扉页上那句话吗？'围在城里的人想逃出来，城外的人想冲进去，对婚姻也罢，职业也罢，人生的愿望大都如此。'说得真好。"

我点头。

"不怕你笑话，未看到时，我还以为是写战争呢，后来看了这话才恍然大悟，发觉自己才疏学浅哪！"他笑着说道。

我不禁笑了笑，想说什么，但一时失去了言语。小泽的话令我诧异，又令我欣慰，至少他不是被贴上标签的人了。

"小林君，你真奇怪。"小泽说，"恕我直言，你话太少，活像《海边的卡夫卡》里头的主人公。"

"只是习惯了。"我点头。

……

穿过一片房舍的阴影，我和阳子走到了一条水泥小路上。午后的阳光明朗而鲜亮地洒满在乡间的空气里，融融暖意沁人心脾。

阳子脱下外衣，搭在纤细的手臂上："小林君，不妨将我当作你的姐姐，向我诉说可好？"

"那真感谢了，如果你真不介意听这些琐事的话。"

"但说无妨。"她用那温和的目光定定地望着我。

"我从前也算是个开朗的少年。刚上初中那会儿也有不少朋友，只是这种关系很微妙，并非性格上的情投意合，也非理想上的志同道合，只不过靠一款游戏、一部电影或是别的什么潮流所维系，说是酒肉朋友，也不为过呢！"我自嘲地笑笑道。

"那么也就是说，你从前是一个你所厌恶的人喽？"微风使阳子的脸颊泛出健康的红色，也更显得楚楚动人。她像极了某人而又不尽是。

"是啊，要是哪个周末没有关注这些潮流，下礼拜一在别人面前就好像短了一截，没有可以表现之处了。一开始，我还乐在其中，后来就厌倦了，再后来就开始反感了，我为什么要去迎合这庸俗的世界呢！"

"独立人格！"她不无钦佩地说。

"哪里有那么高尚，只是想做自己罢了。"我有些受宠若惊，"再后来嘛，到了初二的时候，我恋上了一个女孩，她长得和你一样美，但毫无疑问，这样只有痛苦，我因此很抑郁，和家人的关系也总不融洽。"

阳子的粉面上闪过几朵绯红，欲言又止。

我也发觉脸上发烧，但还是说了下去："那段日子里，我的祖母去世了，我为此很受打击，很长时间里都振作不起来，后来终于想明白了，庸俗的友谊也好，爱情也罢，都是微不足道的。人世间的真情唯有亲情一种最恒久，所以现在我和我家人的感情很好，但却没有知心的理解我的人。"

"嗯，虽然偏激，但是出自你这个年纪的少年之口，已经不简单了呢。"阳子微微蹙起眉头，不无担心地柔声道，"可是你太孤寂，你的苦恼向谁去诉说呢？"

"这不是有阳子你吗？"我放缓了步子，两肋间像蹦跳着一只小鹿怦怦不止。

阳子只是微叹一声，用她温情脉脉的眼眸久久凝望着我。

……

世界，寂寞在秋的海洋里，这并非是一时一景，而是一种笼罩。一切的气息，人们吸气时就能闻到，张开臂膀就能拥住，一切都在金黄的季节里，仿佛一幅永不褪色的暖黄色调的油画。唯有天空格外湛蓝，甚至把秋阳染得淡了，失去了夏日那般锐气，叫人可以拿眼去捕捉住它，那样温存地飘在天幕中，宛如一枚剪圆了的银箔。

教室里的窗半开着，那金黄色从窗间泻进来，颤颤然温暖着我的脸颊。

"你果真要让这种偏见伴随你吗？"熟悉的话音在耳际响起，小泽在不远的座位上埋头于作业。

我循声望去，举目之间只有风鸣树影。

"去吧。"阳子说。

于是，我向小泽走去，那小鹿再次激烈地撞击着我的胸口，似乎每近一步，就多一分自由的渴望。

"你果真与他为友吗？"阳子随着我的目光，在我身后说道。

"是的。"我说。我深深地吸气，正压着撕心裂肺的搏动。

"那么，就把你的高墙打破吧，你需要朋友的，总有一天你也会需要爱情的。当你凝望他时，你会发现这一切都是有意义的。"阳子的声音从我身后传来。

我再次深吸一口气，闭上眼又睁开："你好，小泽。"我微微扬起嘴角，弯起一个久违的笑。

在我初中的最后时光里，一切都出奇地顺利，向着好的方向发展，但唯一使我伤感的是阳子离我愈来愈远了。

大约是那年的尾声，一个周五的夜晚，我独自在家时，她向我做了告别。

夜让寂寥浸满了。

我独自在台灯下学习，万籁俱寂，这颇使我困倦。我便瞄了眼表，23:25，熄了灯，和衣而卧。

我的意识在冬夜的冷寂中渐渐淡去，眼前只留若有若无的朦胧。

不知过了多久，阳子进来，月光从窗帷间洒落，将她的半边身体沐在白柔的月华中，她悄悄地推开门，跫音轻巧地点落在地板上，发出轻微的吱呀声。

走到床前，她用那双澄澈的眼眸，定定地直视着我。

少顷，她俯下身来，伸出纤弱的胳膊，那纤纤玉指在月光下，显出白皙的娇美。她搂住我时，就像小女孩抱着她心爱的猫一样，随即将脸颊轻轻地放在我的胸口，仿佛睡去一般，均匀地呼吸着，鼻息声轻盈地传入我的耳畔。我屏息凝神，心狂跳不止，只好闭上眼睛。

倏地，她的肩头抽搐起来，发出低低的抽泣声。我的胸口一阵温热，几乎是下意识的，我伸出手拢住她那纤弱的身体，她俨若一只受惊的小兽蜷缩在我温暖的臂弯中。

许久，那抽动的波纹渐渐和缓了，我反倒放松下来，竟沉沉睡去。

第二日醒来时已是天光大亮，阳子早已离去。昨夜的一切都宛如一场梦般凄美，也许就是一场梦吧，只是我脱下外衣时，胸口仍是湿漉漉的，上面洋溢着阳子的气息。

……

彼时，我孑然独立，在迷蒙的雨幕中，在身边穿梭的茫茫人海中，不断呼唤着阳子。

我在新的烟雾烟雨中不断呼唤着自己。

我之于我

——献给我和我的朋友们

上　篇

一

毫无征兆地，回忆突然将我浸润起来。

彼时是我初三寒假的第一天，黄昏的最后一抹光晕散去，15岁的我坐在电影院对门的长椅上，百无聊赖地等待着时间从街巷青石板隙间滑过。离春节还有十多天，商业街上已经迫不及待地挂起小彩灯，拖着金黄色流苏的红灯笼，电影院外墙星球大战的巨幅海报，还有在灯影下穿梭来往拍照合影的男男女女。这一切的一切，无不使我蓦然地感到温馨，又隐隐怀着一种无声的凄凉。

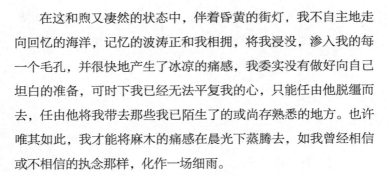

在这和煦又凄然的状态中，伴着昏黄的街灯，我不自主地走向回忆的海洋，记忆的波涛正和我相拥，将我浸没，渗入我的每一个毛孔，并很快地产生了冰凉的痛感，我委实没有做好向自己坦白的准备，可时下我已经无法平复我的心，只能任由他脱缰而去，任由他将我带去那些我已陌生了的或尚存熟悉的地方。也许唯其如此，我才能将麻木的痛感在晨光下蒸腾去，如我曾经相信或不相信的执念那样，化作一场细雨。

令人悲哀的是，至今我都没有确定自己已然真正释怀。

二

徐泽清的三角脸还是最先出现在我的面前，不过比平时要徐缓些。

"哎，你说呢？"阳光洒在他的短发上，使他半边脸沐在金黄的晨光里，有些忧伤的色彩。

我这才想起他正问我活动课课件的做法，便应声道："这随你，不过我觉得也未必需要很多，十张PPT就足够了，毕竟也不过二十来分钟。"

"哦……"他似答非答地应了一声，便把头扭向一边，"我真想看忻怡一眼，怪想的。"

"真不害臊。"可我也确实怀着一丝希望，脑海中不由得浮现出钱菱的面影来，同时又隐隐地脸红起来，"肉麻死了。"

"你也在想那谁吧？"徐泽清不以为然地笑笑，"这两天钱菱和高锆泽说话的时候，你的表情我可全看见了。"

"……你够了。"我忍不住笑了笑，但又倏地悲哀起来，只是径直往前去。徐泽清很快地追上来，死皮赖脸地笑笑，继续和我大谈他那套帅哥吃香的理论，并时不时奚落我几句。我也只是有一搭没一搭地应着。

我不知道我的噩梦是不是从此开始的，也不确切地明白自己是否对它怀着一种感谢，但在当时，我确实处在"恋情"当中，很相信着它，并深深陷在我亲手制造的梦影中，不可自拔。

三

钱菱的面影开始时时出现在我的脑海里，是我初二那年的十一月。在那些抑郁而又时时怀着希望的日子里，我着实得到了一种满足，仿佛心里的什么东西给填补了，可旋即又空出更大一片来，并随着时间的推移，愈发空旷得可怕，就像一个野蛮的帝国无节制地扩张。

至于钱菱，我也并不很确切地明白我是缘何对她产生了这样一种情愫，即使是两年后的今天，也尚不清楚。我嘛，自然算是老实巴交的男生，亦不会随便搭讪的本事，和众女生也不过是点头之交，钱菱不过是其中之一而已；钱菱则不然，她在男女生两头都打得火热，和许多男生都有不远不近的交集。当然，我也只是其中之一罢了。

"钱菱嘛，长得确实挺不错的。"徐泽清很自鸣得意地说道，"好眼光啊，林羽。"

他说话时时常带着一丝痞气，并把眼睛睁得很大，附带着手脚动作，以显示重要。我从前总不喜欢他的这种语气，但那时竟有些希望他再说下去。

钱菱的影子再一次出现了。

深秋的校园免不了有些萧索，只是那日满地黄叶都已扫去，天也阴暗，更显得浓重。

"不过可比不上吴忻怡，"那个同样陷于恋情中的傻子微微放低了声调，改用了一种怜爱的语气说，"只有我这样的帅哥才配她呢！"

那张微漾着笑意的面影随着我的回忆波动着，愈发真切起来，那微蹙的眉头和在秋风中飘舞的长发宛若触手可及，我也说不太清这倩影是如何地吸引我，或许只是出于一个少年心底最隐秘的直觉，仅此而已。

"走吧。"徐泽清说，"快上课了。"

我没有立刻动身，在习习秋凉下，那双澄澈的眸子定定地望着我，如此的目光在空寂中散开，使我怅然若失。

教室在三楼，爬楼梯变得刻骨铭心，那是初三的事。一早爬到喘着气去找徐泽清也早已习惯，他在我生活中的地位代替也是初三的事。

如果说初一时是徐泽清和我要好，那么初二时便是我跟着徐泽清混。我不得不承认，他是我唯一的朋友，而他身边总不乏和他臭味相投的男生。这种关系的微妙变化使这小子在我面前骤然优越起来，说话时那种带着痞气的腔调也多了，有时甚至对我置之不理。

我自然也希望能有些"骨气"，冷他几天以示抗议，可是那张"帅气"的三角脸仿佛真有着非常人可及的特殊魅力，和他在一起时，我心中的虚空总能或多或少地有所填补，况且时下的我于他而言确实是有些无可无不可的意味，少我一个，他仿佛也能照样潇洒自如。这也常常使我感到凄然，并从心底生出几分妒意来。

不过在大部分时间里，我们总还形影不离（主要是我去寻他）。后来我思忖再三，究其原委，怕是我们心中的虚空所致。倘是去卫生间的途中撞见了钱菱，徐泽清便会煞有介事叫上一声："哎，钱菱，那个……林羽有些话想对你说。"言毕，转身就跑，或是故意放高声调对我说："喂，林羽，那不是谁吗？！"

倘若是吴忻怡，我也会如此嘴脸地调侃一番。在很长的一段时间里，我俩竟对这项活动乐此不疲，并且愈发热衷。想来，着实令人发笑。

四

一簇冬阳自窗外素洁的天宇中洒落进来，使我的半边脸颊感到温热，眼帘中满是暖黄的色彩。

窗帷伴着风的气息起伏着，撩动着那抹金色，使它在那黑发上依偎着。

我有些失了欲念，收回了目光。

我自然是个怯懦的人。这是我愿意承认的事，只是我的不健全是全然出乎意料的，我从不曾想到过我的怯懦将使我陷入一种孤寂的境地和撕心裂肺的痛苦中。

当然，彼时我所谓的"怯懦"，是对钱菱而言的，自然幼稚，但也不无道理，这种隐隐的局促至今尚存。要是我独自在走廊上逢着她，我绝不敢正眼看她一下，总低下头做贼心虚似的过去，并莫名地感到脸上发烧；有时无意中目光相碰，我都会避之不及似的立刻躲闪开，这几乎是下意识的动作，往往要等到她的步子远去后，才忽地警醒，并懊悔不已。

"你个傻子，真是没救了。"徐泽清这句随口而出的评语确实中肯。

入了冬，许多事情就很快在学习中麻木下来，一些阴郁的心绪也叫气温压抑了下去，这竟使我快活了些时日。每日和徐泽清嬉笑怒骂、打打闹闹，体育课上便在篮球场上疯跑，有时竟能将钱菱抛之脑后。

只是我偶尔静下来时，会发现和高锆泽并肩在跑道上散步的钱菱，那时她穿着白色的羽绒服，在寒风中微微缩着肩头，颈部的红围巾在风中一飘一飘的，时不时地用藏在淡粉色手套中的小手拍打一下高锆泽的背或是轻轻掩住笑靥。

"挺般配啊？"徐泽清正凝望着不远处的一群女生，不时和我搭上几句话。

我哑然笑笑，若无其事地转回头去，继续打球。可心里总觉得少了些什么，再也没能进过球。

那条红围巾总在我眼前闪动着，像在风中飘忽不定的细弱的火苗，使我的心有一种灼烧的痛感。

在那年剩下的日子里，我把我的时间交给了徐泽清。于我而言，这仿佛成了一种精神的慰藉，即使在书本和苏朝云在我的生活中出现之前，这段荒唐的时光显得尤为短暂。

五

不管我是否愿意承认，怀疑总是伴随着执念出现的，起初不过是狡黠地隐没在阴影里，有时甚至能成为反证这一执念的论据，加深着我的相信。可一旦等到其栖身的阴翳在时间的使然下扩大到令人恐惧的规模，执念的崩溃只在刹那间，这确有些"千里之堤，溃于蚁穴"的味道。

那时我确实怀着两种执念与相信，而后它们几乎在我的怯懦使然下同时湮灭，其中一个在另一个女生的到来后才破镜重圆，另一个至今未曾恢复，我也不希望它的重塑。

只是彼时的我不可预见，尚在疯狂时代中，做着疯狂的事。但怀疑已然滋生了。

元旦后，体育课基本上是自由活动，学校美其名曰"为了缓解期末学习的压力"，不过我们亦乐得如此。这也成了我与篮球短暂蜜月期中的一段难忘时光。

初一的时候，不打篮球，因为怕打不好；初二时试了试感觉不错，就开始打了；不到半年便又不打了，体育课上常把书藏在衣袋里，这是后话。可令我奇怪的是，高大英俊的高锆泽从来不打篮球，他宁可把时间花在和钱菱散步上（或者说这对他来说并不是将就之事）。

一旦钱菱由于身体原因没下来上课，他便显得有些孤寂，只独自一人在跑道上踱步。午后的阳光稀疏地缀在暗红的塑胶跑道上，满落在他高大挺拔的身上。要在平时——他和钱菱比肩而行时，这定是绝美的画面，而今日，我只觉得他有些可笑了。

"哎，高大帅哥。"打完一局球，我脱了外套，抱着球冲他喊道，"来打球吗？我们缺一个！"

高锆泽略微一愣，随即笑着摆摆手："林羽，我不行的。"

"来嘛来嘛。"徐泽清也笑着帮腔道。这时，杨涵玉他们也都走过来，经不住我们的软磨硬泡、生拉硬拽，高锆泽也便勉强点头同意了，并且加入了我和徐泽清一拨。

开始还顺利，有着我和高锆泽的身高优势，再加上高锆泽初来乍到，杨涵玉他们都让着他，我们竟连进数球，拉开了6分之差。杨涵玉自然不干，便死盯着高锆泽，再加上高锆泽有犯规的小错误，使杨涵玉屡屡得手，在5分钟内又反超回来。

"杨涵玉这小子！"徐泽清一边骂着，一边用目光追着球。高锆泽则有些不知所措，有些屈辱地退到三分线外。

我正被夹攻，眼看球要不保，看到他这怂样，有些光火，再加上平日里那些不可告人的阴暗心思，我竟做出了一件使我后悔至今的事。

"投个3分！"我躲开身边的杨涵玉，把球传向高锆泽，但我微加了点力，并把球路向上偏了偏。如此做法，不过是想让他出点洋相，谁知高锆泽竟笨手笨脚立在当地，毫无反应，球便老实不客气地撞在了他那张英俊的面庞上。

坦白说，霎时我竟产生了些许扬眉吐气的快感。

"高锆泽，你怎么了？"随着一声沉闷的响声，高锆泽跌坐在地，大家这才反应过来，纷纷围上去，这时我心中那仅存的一丝快感早已荡然无存，只有满脑的纷乱。

"流鼻血了，哎！快送校医室！"杨涵玉的声音从人群中传来。负罪感终于产生了，仿佛我一直在等待着它，它也将在之后的日子里噬咬我的良知，并使我一次次于回忆中感到战栗，犹如深夜中被噩梦惊醒。

回教室的途中，出于内疚，我在一旁搀扶着高锆泽，仿佛是为了安慰我似的，他说："林羽，不要紧的。"

我只是把头低着，缄默无言。我感到钱菱的目光正炽热地逼视着我，剥去我堂而皇之的善良和正直，只余留一颗丑恶的赤裸的心，暴露在这个世界上。

六

徐泽清和我自然是不同的人，也并不志同道合，缘何好得如胶似漆，除却各自空虚外，更重要的，确实有待于我思忖。

即使那时我们的友谊出现了些许裂隙，这也着实使我担心，但在初二第一学期的最后时间里，一切似乎又向好的方向发展了。

期末考前的周六傍晚，这小子唐突地叫我去他家楼下。我骗父母说买书，随便扒了口饭，便出门了。

"走，到学校去。我可有本作业本没拿。"徐泽清两眼血丝，却不失亢奋神色。

"大老远，让我跑来陪你拿书？"我作出一副欲离开的样子，"我可不干。"

"别急嘛，来都来了，还差这一时？"徐泽清神秘地一笑，"今天玩点刺激的。"

"对，先帮我把晚饭解决了。"他兀自走上了暮色葱茏的林荫大道。

无奈，我只得选择跟上去。

"怎样，帅吧？"见我走近，徐泽清从包里掏出一顶嘻哈帽，潇洒地戴上，并把脚在地上跺得直响。落叶已悉数扫净，这跫音便极响亮地回荡着，倒也在这寂寥的冬日添了些许生气。

"自恋吧，你就。"

"怎么？我不帅吗？"

"也未见得帅到哪里去。"

"就你……有资格说这个？"

那玩世不恭的语调再次出现，并饱蘸了得意。

"就你这熊样，怪不得钱菱看不上。"

"那吴忻怡呢？"

徐泽清猛踢了我一脚，我们便追打起来。

……

在面店里坐下，徐泽清要了碗汤面，在等面的当儿，他指着脚上的篮球鞋对我说："怎样？这可一千多呢，就配我这样的帅哥。"

未等我回答，他又开口道："杨涵玉有双两千的乔丹，那是真帅！下次叫我爸妈也给我弄一双。"

面上来了，他像女孩子那样细腻地吃着。我只把目光投向窗外的街，在这华灯初上的时节，我却发觉了寂寥，并隐隐感到寒冷。

走到学校，天已近全黑，徐泽清并不去传达室，而是绕到墙后。

"我们爬进去。"他笑着拍了拍一头雾水的我，"礼拜五，我走前开了扇窗。"

说罢，他便矫健地翻了上去，我并不明白他为何总那样相信着我，也许他已经将我的秉性摸透，而我对他的指令竟毫无抵御之力。

"嗨，来吧，我帮你。"徐泽清在墙内帮着笨手笨脚的我翻了过去（幸好那墙确实矮，不至于出洋相），随后我们直奔教学楼。

月色如水，光洁地在小径上流转着，拉长了两个少年的影子，平素里司空见惯的银杏，被修剪得齐齐整整的天竺葵，都沐在这月华中，微微摇曳着，仿佛被赋予了别样的活力，真有些"承天寺夜游"的味道。

只是徐泽清无心于景致，他正算计着如何躲开监控，并不时兴奋地转回头看我一眼，我却提不起兴趣，只是木然地跟随着他没入夜色中的脚步。

那夜是我和徐泽清最后形影不离的时光，我的疯狂时代也于此终了。后来每每想起，并无悔意，只觉得无奈，并感到我的命运在冥冥之中，总有些不可言说的古怪。

七

初二那年对我来说，无疑尤为重要。我的一些相信与执念骤然崩塌，化作一抔追忆，而另一些则愈发地根植于我的内心，我也相信会永远如此。

那一年的最后时光，正是崩塌到来的日子。

就像地震、洪涝这些灾难一样，这崩塌自然也有前兆，只不过绝非什么鸡飞狗跳、母猪上树。虽然都是不正常事物，但我居然很快地适应了这不正常，并至今未曾完全恢复。

初二之前，我素来是很合群的，一直和众男生称兄道弟，品头论足。为了找到共同语言，我甚至会刻意去看他们爱看的节目，玩他们热衷的游戏。而当钱蒌在我的生活中闪现时，我便不再常常和他们为伍，并非不屑（这是后来产生的），只是我更愿意花时间思索自己的事，去琢磨钱蒌，因此变得有些孤僻了。徐泽清也颇类似，只不过他更愿把这思索同别人诉说罢了。我则不然，在这"恋情"与"友情"中所遭的痛苦已然使我的自卑达到前所未有的程度。这种感觉十分隐秘，然而又充斥着我的整个身心，这使我开始害怕他人的目光，总感觉他们已看透了我心底的丑陋，也总无端地揣摩他人的话，尤其是钱菱，在我们为数甚少的短暂交流中，我总能从她的语言中"参透"些深意来，有的颇使我兴奋，有的却使我落魄。

缺乏沟通也使我和家人的关系开始恶化，我的叛逆期也于此达到顶峰，和父亲吵架自然也是家常便饭。

怯懦最终战胜了我，我除了怨恨自己之外别无他法。我不可控制地沿着这条注定毁灭的道路蹒跚而行，宛若一个吸毒成瘾的人，伸手寻觅遥不可及的梦影。

八

轻掩上吱呀响着的门，我走到了呈暗黄色的走廊上，冬日的斜阳暗弱地浮在空寂的天幕中，随着我的步履摇曳着，散发着细弱而朦胧的光。即使如此，我也满足了，我现在别无他法，只希求能守护这光点，使它驱散我心中的寒意，使我的血液保持着流动。

大约过了5点，楼道上足音跫然，明天就是期终考试，同学们都早早地回家了。在人影错杂中，我感到迷惘，隐约的痛楚已不甚剧烈，只似泉水般的冰凉，并使人产生木然的习惯。血是早已干了的，我可以想象那殷红色在暗夜里失落了生命，褪作暗色的躯壳，附着在伤口上，使我失了一些知觉，而另一些反愈发敏感。有些力渐不支时，我倚在阳台上。

花岗岩台板时下饱吸了阳光，显出明丽的美来，微微温暖着我的身体。我只闭上眼。

除开要大考外，那日也是寻常天气，我也自以为除开考前的焦心外，总还是寻常人，寻常事。

清晨早早到了，去寻徐泽清时，他仍是昔日嘴脸，只不应我，仿佛他的生活中从无林羽此人，从前没有，现在没有，未来也不应有。出于自尊，我忽然不渴望那张三角脸了，产生了一种自主的骨气。我也便退却了。至于缘由，我是后来才清楚的，只是为时已晚。

钱菱的影子又无端地浮现在我的眼前，那怀有着娴静的美的面影，好像正煽起我心中的希冀，但我的心已贫瘠了，已燃不起一丝希望的亮光。我也只得在回忆的驱使下重浴着痛。

由于高锆泽的事，我一连几天在钱菱面前都抬不起头来，我有些害怕她的目光，我总隐隐地觉得她似乎早就知道了什么，并生怕从这纯净的眸子中看出厌恶的神色。后来看她仿佛一如往日地快乐着，只常问高锆泽是否好些，也便放下些心来，决心找些话说。问题目，自然是所谓"搭讪"的好理由（这也许是做学生几个为数不多的好处罢），我之前屡试不爽，便盘算着如何借此把从前的误会说明了。

我只抱了希望去问她了。她不应我，只站起身，缄默地走了。我们的交流就此终了。

我悻悻地转回身去，彼时，徐泽清正和几个男生一道抱在一起，嬉笑打闹着；吴忻怡并没注意到不远处时时闪过的目光，和几个伙伴说笑着什么，一会儿好像是说到了好笑之处，她们便都哧哧地笑了起来，少女的面颊上绽放出红红的酒窝；窗外冬阳正好，树的影都斜躺着，悠闲地摇着枝蔓，黄色的草坪尚不至于生出新绿的年纪，便颓唐懒散地歪在大地上，睡眠着，等待着。

我想他们都是幸福的，也都是有所希望的。我想去寻徐泽清，但不希望看到他鄙夷的神情，便回到座位上坐下。环望四周，我才发现我确实无处可去了。

"你的友谊结束了，'爱情'也结束了。"我只轻轻地告诉自己，并感到刹那间的轻松，在日后无数次有所省略的回想中，我不得不承认，执念的失去，就是彼时彼刻了，只是疼痛尚未到来，只有冰凉的孤寂。

我想流泪，然而这可笑的感伤的眼泪却要留恋着眼眶，在其中打着转，只是不下来。泪水对我来说总是可遇而不可求的。它常在霎时不可抑制地泉涌而出，想哭的时候却流不出来，每每如是。

我已失去了剧痛的感觉，那痛楚仿佛永远脱离了我的躯体，使我无法回味，也不敢回味。隐痛和心里的堵塞才是最可怖的。它们似乎更乐意折磨人，只在心头缠着不走。

天幕缓缓地叫夜浸满了，天色黑下来。教学楼上的灯光显得明亮，给人以温馨的冷寂。

太阳要死去了，可她仿佛还有所依恋，只把那渐苍白的面孔向着我。血色浸润了夜幕，她的脸色最后微红起来，用着她的热血去抗争着夜的暗淡。

鲜红的血，伴着那祥和的温婉的面孔，在黑暗中失散了，冬阳落下去了。我看着她最后笑着的倩影，给黑暗的死寂埋葬到地平线的那一端去。只有那温热还余在身上，我不愿失去她，但夜寒还是侵入了我的肌肤，使我打了个寒噤。

最后的一抹红霞在天边隐没，她挥着希望的手离开了。夜风吹来，我感到脸上微微发凉，不觉微惊了惊，伸手一拭，原来是泪。

我开始往楼道走去，心中蓦然地产生了短暂的轻松，可孤独却更宏大地笼罩着我。我只默念着新背的苏词，使心中的温婉留存着，把一串串跫音落在身后的夜里。

2017 年 1 月 27 日晨

下 篇

一

天色很好。

尚处于夏日的尾声，天带着高远而健康的蓝色，微微透着白皙。白柔的云，被带着温热的风捧着，惬意地舒展开。阳光毫无遮拦，大方地洒遍了小城，使人们沐在暖洋洋的金黄的海洋中。

这时大约是一年中阳光最温和的时候。炎夏已叫秋风冲淡了好些，秋的瑟索还尚未到来，只是人们并不是很珍惜她。任由她从指尖过了，待到冬日才发觉阳光的温暖来。

我的心也在这暖黄的油画中荡漾着愉悦，并倏生了朝气和活力。这使我感到有些发热了，我脱去薄薄的衬衣，只穿着短袖 T恤。

"终于觉得热啦！"她笑了笑，拨了拨额前的发丝，"刚说到哪儿来着？"

"嗯，大概说到你在月黑风高的夜晚翻墙去网吧打游戏，叫人领了回去，可是这？"

"你扯谎也不打草稿。"她扑哧笑出了声，捶了我一下，嗔怒道。

转过了一条街，行人少起来，一切显得宁静。

"想当年我还从楼梯上滚下来过，事后发现倒很省事呢！"她眉飞色舞地说起来，"所以就玩了几次，脑袋就撞笨了，你说我怪不怪？"

"这也不怪，谁没有做过疯狂的事呢？"我笑着回答，"你笨也真是不假呢。"

"好啦，又叫你取笑不成。"她瘦削的脸上闪过几丝红晕，"你可知道我小时候写日记？"

"不知，说来听听可好？"

"我小学时常叫人欺负不是？我就把这些全写在日记里，不然非疯了不可，只可惜后来发火都被我撕了。"

"哦，确实可惜，我自己的大多还留着。"

"嗯，可后来我有一个表妹也学着我写日记，叫我姑母看了去，不知道为什么她们母女就吵了一架，虽然我努力地调和，但还是阻止不了，以后每每有这种事发生，我就觉着这全是我造成的，这念头怎么赶也赶不走。"

她凄然地笑笑，柔弱的声音里含着些许无奈、些许悲哀，眼眸中仿佛泛上了一层薄薄的晶莹的泪，这使我不禁对她怜悯起来，可我笨拙的嘴，却一时竟没有话可以安慰她。

"你想太多了，远没那么严重的。"我只好用无力的语言使自己宽慰。

"负罪感。"她说，声音有些沙哑。这三个字使我吃了一惊，它们使我想起什么，可我却不愿使自己陷入回忆的泥沼中，再体味那无助。

晨光透过老街边上葱茏的树木斑驳地漏下来，将我们笼罩在金色的晨曦中，使我顿觉这明亮，可心中又不由得升起了缕缕失落的彷徨。

知道我和苏朝云是同一类人时是2015年某个初秋的假日上午，从那时起，我终于脱离了从前的相信与执念的困惑，也渐渐地对那失散了的水汽释怀着，我终于认识到我们是挚友了，却也隐隐地发觉我们也许只是干涸水池中相濡以沫的鱼儿，不能自救，也不可能相救，只是互予慰藉而已。

二

初二确实很快，其实初中三年也就如此，不长不短，只是时间这老顽童似乎极爱和年轻人的心思相左似的，把这令人无所希求的日子拨得快了，初二的下半年也便这么过去了，只是这半年对我非同寻常。开始接近书本，使我的思想变得"深邃"起来，我也真正开始变得孤僻，虽然在表面上我照样显出乐观和健谈的样子，但只有我自己清楚，我已然没有了朋友。

2015年年初，那个令我刻骨铭心的日子在逃脱似的几次短暂回忆中显出荒诞的意味，这确实使我费解，我渴求着答案，又害怕思索的痛楚，却不甘于这迅猛而激烈的崩溃，并存有丝丝的幻想，这幻想支撑着我整个身心，使我失去了对疼痛的敏感，持续着无望的追索。

但信念已然幻灭，我只徒手在如山的废墟中寻找，妄图获得将其重建的力量。

徐泽清，钱菱，在那些抑郁的日子里，我的眼前时常现出这两张面影来，然而他们不再总是微笑的，而是时时带了嘲讽、憎恶的神色，这使我惶恐地退却，并带来无助和孤寂。游丝般的希望也渐渐暗弱了，正如那天死去的冬阳给予我的温存。

对于两者，我都怀着负罪感，前者的缘由很模糊，我只感到我令他失望；对后者我也并不怨恨，反深感对她的感情的伤害。我曾以所谓的低调张扬地伤害了这个少女，这触及我到心中隐秘的罪恶，并深深地歉疚，我不希求得到原谅，只感到无望和精神的无所依靠。

也就在此时，苏朝云走进了我的生活，用她轻轻的足音叩响了我的心扉。

三

大约是初二那年4月的一天，午后，自是难得的休憩时光，我自然也照例捧着本书看，唯有此时，我才能稍稍抛开冗杂的心绪，沉醉于自我"灵魂的一隅"。

春日和煦的风轻柔地拂过我的身体，把空气中一夜的阳光吹淡了些，教室里的光线柔和下来，几许淡淡的清凉，伴着那曼妙的身姿进入薄线衫中，这使我顿觉快慰和感动，风去时微撩起几张书页，我也并不去扶它，只等着它们翩翩地悄然落下。

我合了书，去水房用清水洗过脸，回坐正欲拿书，前座传来一个少女的声音。

"咦，这不是《永别了，武器》吗？现在看这书的人可不多了。"

我抬头扫了一眼那女孩，这并不是个好看的姑娘，用徐泽清的"帅哥"眼光来看，甚至有点丑，她生得清瘦，脸色也颇苍白，只是那双眸子格外有神，在她细小的脸上显得很大，水汪汪的，在淡漠中又不失热忱，这着实吸引了我，我便干脆放下书，想起不久前看的《苏东坡传》，便信口说道：

"苏朝云这名字有意思，你父母该不会是因为很喜欢苏东坡才给你取这个名字的吧？"

她微愣了一下，茫然地摇摇头，淡淡地说道：

"这是什么意思，我不过是姓苏罢了。"

"因为苏东坡的侍妾就叫朝云啊！"我笑着说。苏朝云扑哧一声笑了，脸上泛出浅浅的红晕来。此时她近，我竟从她脸上发觉了些别样的色彩，并有些不好意思地低下了头。

"你真是个有意思的人。"苏朝云轻挑了挑发辫，转过身去。那日她穿着一条淡黄色的外衣，上面缀满了浅色的绣花，在春光的照拂下，金灿灿的，甚是好看。

其实在之前长达一年的时间里，苏朝云就一直坐在我的前座，只是那时不过是点头之交，我也只当她是一个安静的女生，她也只以为我是个羞涩的男孩，仅此而已。

可人生就是充满了机缘巧合，我和苏朝云的友谊也便自此开始，只是那时我们谁也不曾想见，我们都将在彼此的生活里留下不可磨灭的印记。

四

男生和女生确实不太好交往，虽说如今早就是"新时代"，男女授受不亲，也早就付之一笑，男女生同班上课也有百八十年，但仅凭此就说男女生亲如一家也未免武断，也许各地有各地的风俗，反正在我们这地方，一般男女生关系总是不远不近，嬉笑怒骂不少，但仅止于此，少有交心者，除非某某心术不正，颇有致敬中庸之道的意味，谁要是离这条中线太远，便是旧思想，不近人情，倘若某两位打得火热，不觉中过了中线，那便是思想不良不学好。如此看来，舆论力量众口铄金，不服不行。

但是以上问题在我和苏朝云的友谊初期似乎并不明显，想来原因有二：一是我们尚未达到交心的程度；二是两人并非才貌双全，绝非受热捧的俊男靓女。其实深究人们热衷于此的根本目的，莫不是自身的渴求，只是不可实现，图一时口快，心里却不知多么期盼呢，一旦那渴求淡了或失去了，也便无意于此，可一旦那渴求圆满了，反而会变本加厉，好宣扬自己所拥有的。

尽管有些顾虑，但彼时的我却毫无选择。徐泽清依旧没有和我言归于好的意思，而钱菱于我也真实地成了仰望，于这现实我倒无失望，只是孤寂，并迫切地需要友谊的温润。

大约到了4月末时，我和苏朝云已经渐渐适应了彼此，我们开始一起做作业，一起问理科、背文科，开始看同类型的书，每周比谁的作文分数高，每次考完试第一时间对答案……除开至府拜访，凡友人所应有无所不有。

但我却也知道我们对彼此尚不甚了解，她也尚不能安慰我，只是减轻我的孤独罢了。她甚至连徐泽清疯传的我和钱菱的事也不知晓。

每当日暮降临，我便又是那个倚在大理石板上看落日的少年，孤独便又再一次以它的宏大将我笼罩，那清秀的少女的面庞也再一次浮现在我的脑海中，使我想起那天如拭的秋容。我对钱菱的情愫，不管我如何地自欺，从不曾真正失散过，只是每当我于梦中伸出手去想要轻抚那长发时，那倩影便笑着退去了，远去了。哪怕在幻梦的影里，那荡漾着的笑意，总离着我一段触不可及的距离。

"林羽，我总觉得你这个人有点奇怪。"5月的一天，一个恬静的早晨课间，苏朝云的话忽然将我从思索中拉出来。彼时天气已有些微热，窗外来往的学生都只着单衣，衬出青春的体态来。

"嗯，你怎么会这么觉得？"我一时语塞，半晌才开口，并竭力躲闪着她的目光。

"喏，比方说，有时你完全是个话痨，调侃我个没完，可有时说着说着就一下子沉默了，脸色很抑郁，这可不假吧。"

苏朝云眨了眨她那忧郁中透着笑意的眼睛，她似乎忘记了，自己也是矛盾的，接着说："还有从前，你和徐泽清好得如胶似漆，现在……你们好像都不说话了。"

说完她只微笑地望着我，瘦而扁平的脸庞上，颇有些得意。我一愣，不觉对这貌不惊人的少女刮目相看。虽然我们对各自的内心尚处于试探阶段，但她已然在无意中找到了我脆弱的执念。那时我只庆幸我还尚未对她说什么来加深她对我内心的了解，不然这冰雪聪明的女孩定会将我摸透，而我则一直逃避着对她心灵的叩问。不过我后来知道她并非如此，只是那天瞎猫撞上死耗子罢了。

"哦，可能我就是这么个人吧，有时连我自己也弄不懂自己。至于徐泽清嘛，也不知怎地，我们就分道喽，借某学者的话讲叫人际关系的自然减负。"

我不自然地笑笑，全无坦白的准备，只好向苏朝云信口雌黄，扯起谎，我确实本事不大，只是有些可怜的幽默罢了。

"哦，是这样啊。"她将信将疑地点点头，意味深长地扫了我一眼，转身翻开了作业本。

我望着她垂落着点着课桌的鬓发，不觉又想到了徐泽清，他当然不坏，而且细想想也有着不少的优秀品质，只是他和我终究不是一路的人，之前缘何走到一起，那是因为我们都不知道自己是怎样的人。

我举目向那熟悉的身影，他的座位旁围了一圈聊篮球、说游戏的男生。他现在也许有点明白了，也许我也是如此，也许不尽然。我只是在一面愈清晰，一面愈模糊罢。我觑了眼放在桌上的书，又看到朝云隐藏在发丝下的面孔。

我们又为什么走到一起呢？

"真弄不懂自己，看来并没全对她说谎。"我自嘲地想，不禁哑然失笑。

五

褪去了初一新生的羞涩，尚不至于像初三学长那样疲于学业，我们自然是学校文艺事业的骨干力量，校方也有意让我们在步入"鬼门关"前多感受生活的美好，于是各种文艺活动都活跃着我们的身影。在初二快收尾时也不例外，赶在期末复习前的当儿，我们学校宣布了将举行英语剧演出的消息。

这自然是件振奋人心的大事，只是课间众说纷纭，之后班会课上却自是一股万籁俱寂，说明各项要求后，班主任再三询问有意负责的同学无果，正欲离开，我却鬼使神差地把我那金贵的上课时从来不动的手举了起来，这自然不是哗众取宠，我相信我不会幼稚至此，但我也并无斟酌，说是头脑一热怕也不为过吧。

海报宣传由班长出面请了苏朝云，我们便开始了为期十多天的合作。

虽说合作，但工作却截然不同，找剧本、选演员、添置道具、彩排是我的事，而她需绘张不大不小墙上够贴的海报，唯一重合的内容是演员表，剧本早定了，是《哈姆雷特》，她也为此和我颇有争执。

在那挥着汗水的初夏时节，梅雨的气息渗入人的每一个毛孔，这颇使我感到事冗心烦，可愈是如此，便欲渴求在奔走中使自己麻木，可炎热并不能使学生们升起参演的热情来，这使我第一次油然地对班级失望了。

"林羽，演员到底找齐没？"苏朝云重复着几天来的同一个问题，她并不显得很着急，但脸上却流露出莫名的兴奋。这使她的脸颊有些红润，双眸放光，倒有些少女的生气了。

"没。"我只是懒散地瞟了她一眼，便站起身来，无所欲念地望着窗外的丝雨。

"什么时候才能找齐呀？"苏朝云对我的淡漠很不满意，似乎动了气，"你不急，我可急着呢。"

我只颓然地坐下，黯然不语。

"弄得像个失恋的人似的。"她微微缓了缓口气，笑骂道，"我原以为你是个乐天派呢，不想板起脸来，谁都不认，实在不行你就拼一把老脸，自己演好了。"

我感到脸上有点发烧，便尴尬地笑笑："嗯，可以，那士兵甲的位子尚空缺，你来如何？"

"滚滚滚，我正忙呢，"苏朝云嗔怒道，"还有画要画呢，实在不行，我再考虑。"说到最后不禁笑了出来，脸色显出健康的微红，一双欲眠似醉的眸子饱含了笑意，瘦弱的胸脯因呼吸的节奏起伏着，脑后的发辫左右摇动着，上下一点一点的。

一阵微风温柔地拂过，挑起了她的几缕发丝，在空中散落下来，我蓦然发觉了苏朝云的美，而这美却是最不易被人发觉的，也是最易叫人遗忘的，只在短短的霎时，如昙花一现。

"好，加油吧，林导。"苏朝云像发觉了什么似的，不好意思地笑笑，转回身去了。

夏风着实使我沉醉了，我只感到一种诉说的渴望，竟叫住她。

"朝云，"我说，并不是鼓起勇气后的结果，有时勇气只在瞬间，失去了就得不到。

"嗯。"那少女的面孔，漾着鲜活的笑倏然出现在我面前，和从前一样的真实，只笼了层水样的羞涩。

"你现在确实挺好看呢。"我低声说道，面颊不由得发烫，只是这次我不带半句谎言。

她只是莞尔一笑，绯红的面颊上浮现出两朵浅浅的酒窝。但却毫不躲闪，她大方地迎着我的目光。

"今天我发现了别样的你。"她说，话音又轻下来，被柔顺的风送入我的心扉，使它受了润泽，蓬勃地跳动着。

"我决定演王子。"我说。

六

英语剧演出那天是一个寻常不过的雨日。下午，天阴晦着，无风，犹如一个锈迹斑斑的锅盖，将大地的燥热压抑着不得释放，叫人喘不过气来。

演出过后，我的心情也便和这天色一样了，演出不尽如人意，台词动作都没有差错，只是打斗戏中剑竟意外地折断了，好在我和一众演员随机应变才不至于出大岔子。

我倒无后悔，只有失落和不甘，想过也许技不如人，却不曾遇见如此结局。我从来不是什么豁达的人，毕竟是半月心血，没那么容易释怀。

散场出来已是黄昏，在阴沉的天空上别着一枚枯黄的落日，它的光散失在压抑的空气中，显得暗淡而无神，宛如垂老的干枯的眼，浅浅蓄着浑浊的泪。

我走在队伍最末，再一次叫孤独湮没了，心中的心绪恍若纷乱的思雨，将我置于无形的禁锢中，冰凉着我的身体。为演出新置的衬衣已经叫汗水雨水浸透了，失去了依靠般醉倒在我的身体上。我收紧着我的触感。唯此能使我清醒，而久之亦麻木了。

我想起徐泽清来，想起从前我们失落的时候会一起在厕所的后窗大喊，会一起去操场上跑个精疲力竭，我有些怀念那些日子，可又有些怀疑它是否真实，对徐泽清最后的隐恨消失了，我转而有些羡慕甚至嫉妒从前的我们。我们怀着无知，怀着单纯的相信，这是悲哀，又何尝不是幸运呢？我的眼睛有些湿润，但我却固执地睁大着它，使那层淡淡的朦胧隔在我和这现实之间。

回到教室已是放学的时间，我捧着书再次俯身在那大理石板上，人们在身后穿梭着，走廊上回荡着足音、笑声，还有衣摆摩擦发出的簌簌的声响。

忽地，我感到有人拍打了我一下，不觉有些惊喜，这久违的触觉使我受了感动，转了头是一张苍白的瘦弱的面孔。

我有些失落，却不觉流下泪来，急忙轻轻拭去。

"林羽，你不要难过啦。"苏朝云轻柔的声音在这抑郁中显得细弱，但却字字清晰。

"我没有的。"我用了更轻的话音辩白着。

"哎，我晓得你，你也算鞠躬尽瘁了，可总人算不如天算不是？"她平静地说，"你也无法改变了，看开点吧，孩子。"

她既说了，说什么，也便无所谓了。我虽仍缄默着，但已宽心许多，我冲她笑了笑。

"我总觉着你有故事。"对视良久，苏朝云绽放了她的笑靥，柔声道。

"你又何尝不是呢？"我合了书返身回去。

"今天真怪，我真是爱上白衬衫了呢。"苏朝云在我身后自言自语般地低声说道。

七

初三终于来了，正如许多使我们既期盼又害怕的事一样，无声无息地到了。

然而它的面目并不很快地显露出来，除了送走了语文老师老秦和多了几节主课外，仿佛并没什么大变化。

老秦的离开迫使我伤感了一阵，但少年总是健忘的，何况幸运女神也极为难得地眷顾了我。我和徐泽清的误会终于解开，原来是他以为我删了他的QQ好友，我们又颇走近了一些日子，但我们也都明白彼此的生活里已然失了对方的位置，如此，也许只是内疚和负罪感使然。另一方面，钱菱也终于原谅了我，这使我很感动。每每偶遇，她也总微漾着笑，但我对她的情愫已渐失散了，信认的覆灭注定了它的消亡。我对自我的控制自然地发挥了很大作用，只是这部分力量源自书本，但我总不能对过去的事怀着完全释怀的态度，并非不甘，只是有些遗憾，许多事是无法回到原点的。无论我多么努力地弥补。即使如此，我还是从心中隐生了感激，感谢并认为如此状况，对谁都好。

总之，一连串的心绪，一连串的人事，仿佛又倏然回来，使我沉湎其中，再加之换了座位，我一时竟将苏朝云抛之脑后。

大约是9月上旬的一个午后，自食堂回来，进了教室，朝云的话音便闯入了耳中。

"有意思，听说班级要开图书角了，我打算把《激流三部曲》拱手奉上。"

我一抬头，原来是苏朝云正和她前座的女生攀谈着，原不想打搅，可被那书给勾住了，便径直来到苏朝云面前。

"听说你有《激流三部曲》，可否赏光借我一看？"

苏朝云微愣了一下，数日不见，她像是长高了些，面色却愈发苍白，但并不憔悴，使人联想到素洁的绸布，稍稍剪短的头发自然地伏在肩头，只那娴静的神色还是一如往日，眼眸里闪着几丝忧郁，她的目光在我身上停留了一会儿，说道："可以呀，如果你真想看，明天就可以。"

我们的情谊算是就此续上了，从某种意义上来说，它真正地开始了，只可惜十分短暂。

八

在初三上半学期的那段时间里，我和苏朝云由于书的缘故，很是亲密，尤其是在9月那个温暖的早晨之后，我感到我们的关系骤然奇怪起来，竟对她产生了依存的情感，一下子有许多心事，想对她诉说，然而我的怯懦却一再阻止了我，这使我苦恼并感到心头积压着往事，而我却无法让它们如烟散去。

苏朝云似乎比从前活泼了些，但脸色中的淡淡忧伤却不曾褪去，那时我已隐约知道了缘由，但却无法帮助她，一为怯懦，二来我也是同样的人，可究竟是怎样，苏朝云竟将它总结为悲观主义，但我总觉得不尽然，这也许是我们年少的心所不能参透的，总有些宿命的味道。

更多的时间里，我们把时间交给了书本，我颇受《激流三部曲》的影响，心血来潮地改叫她"云妹"，并深深渴慕着青年奋斗的激情，这是我的学习所没有的，并深深对现世的人们失望着。

但随着我和苏朝云的友谊的发展，闲话不可避免地滋生了，我们也很受困扰。

我有些不祥的预感，不想最坏的还是来了。

运动会闭幕后的一天中午，秋凉已颇瘆人。学生们都把身子紧紧缩在单薄的校服里，三三两两结伴出教室，好像独自一人就会叫这凄冷空寂的世界吞没了似的。不大的校园里常常满铺着落叶，经脚一踩发出"噗噗"的干脆的声响，这很使人畅快，而抬起头来，那高远空阔的天又立刻使人寂寥起来，叫孤独笼罩了。

苏朝云仿佛很喜欢这寂寥的秋色，淡薄的面孔上透出些许喜悦来。

"林羽。我喜欢秋天，可又不是刘禹锡那样乐观地喜爱。我爱悲秋，喜欢这寂寞。"她轻轻地说着，并不时用柔和的目光望着我问道，"这是不是因为我天生的悲观呢？"

彼时她穿着宽大的校服，更显得身子娇小而柔弱，脸也叫秋风刮得微红了，好似微醺的人们脸上的酡红。这竟使我产生了些怜爱，便说道：

　　"这也未必吧。个人总有个人的喜好，再说，喜欢秋的也不止你一人，我也挺爱秋景，只是受不住那寂寥罢了，好啦，回教室吧，外面真冷啊。"

　　苏朝云点点头，跟着我向楼梯口走去，不想迎面撞见了杨涵玉和刘杰，看起来是去扫包干区的样子，我想躲开，可他们已不怀好意地笑起来。

　　"林羽，最近和苏小姐处得不错嘛，想不到林大才子最近越来越非主流了呢。"

　　这话显然也是冲着苏朝云的，但她却充耳不闻，依然面无表情地走着，我有些恼愤，但也感到面颊发烫，不想久留，便加快了步子。

　　刘杰仍不依不饶地嘀咕着："喏，还不是追不到钱菱，就来找苏朝云将就喽。"

　　这话引起了杨涵玉的笑声，也再次激发了我的愤怒。我这些天来所压抑的愤懑、寂寥、失落、恐惧都骤然地浮上心头，使我再无力按捺。这使我丧失了自持，在愤怒驱使下，冲下楼梯，猛一把揪住造谣者，用力将他摔倒在石砖上，那惊愕的表情更唤起了我对打斗的渴望，但理智终于战胜了我的不健全，我收起了拳头，把剩余的怒火喊出口来："以后少嚼舌头！"

　　刘杰远就比我瘦小许多，如此一来，更显得弱小无助，颇有几分可怜，我狠狠心，丢下他不管，在盛怒的余热下，穿过杨涵玉惊愕而不可置信的目光，径直走上楼去，寻那我为之出手的少女。

苏朝云只是冷冷地看着我，半晌无言，默然良久，她淡淡地说："这样有意思吗？"说罢猝然离去。只留我一人在无尽的孤独中。

苏朝云的话犹如一盆冷水浇灭了我仅存的怒气，使我骤然冷静下来，并感到手脚冰凉，心中有什么东西一下子松了下来，从前支持着我思考、欣喜、悲伤、愤怒的一切，都恍如在她淡漠的目光中失掉了，我只感到无力，颓然地倚在楼梯转弯处的墙上，任由那冰凉浸入我的麻木的躯体，浸入我的心脏，使它失去了搏动。

痛苦是没有的，我只无神地仰望着被阳台割出的一角四方的天空，脑海中空空荡荡。

九

"林羽，你有过这种感觉吗？"彼时是什么季节我已记不太清，只是阳光温存地抚着我的身体，微风中送来一阵少女的清香。

"嗯。"背对着我的女孩回过头，嘴角轻轻漾着笑，金灿灿的阳光洒满了她温润的面庞，透出淡淡的羞涩，她正用询问的目光凝望着我。

"嗯。"我从沉醉中苏醒过来，"也有的，我的心思也是多疑而敏感，总忍不住多想，只是不如你那般严重。"

"哦，是的。"那少女又转过身去，把她沐在金色中的背影展现在我的面前，"我也总觉着我老是想得太多，这不是我想要的生活。"清风撩动着她的一头黑发，使我看不真切她的面容。

"这不应是你的错。"我说。

"也许就是呢。"她说完，回头用她那忧愁的大眼睛柔和地望了我一眼，便不再说话，将面孔朝向那素洁的天空，若有所思。

那轻柔的纱给她的侧颊笼上一层朦胧的金色，阳台的影，斜倚着墙壁，一条一条地延伸向走廊的尽处。无垠高广的天空仿佛叫湿漉漉的空气浸润了，浅浅地向远方淡去，偶尔从这湛蓝的幕布中传出几声鸟鸣，但亦很快散失在这宁静中。

这一时刻仿佛是永恒的，时间不忍打破它。许久，她终于开口了，还是那样轻柔的话音。

"你一直在逃。"她说。

在失去友谊的最初日子里，这段回忆时时占据着我的脑海，而当日复一日的学习过后仍然如此，我终无法把我的心事做一个梳理，也终无法淡忘苏朝云，我的怯懦使我陷入了进退两难的境地，我没有勇气去请求原谅，亦没有勇气去忘却。

我只好在学习中努力使自己麻木，但当我结束了一天的疲劳，夜晚降临时，苏朝云的面影总会在我的眼前出现，她有时勾起往日的快乐，使我宽慰地微笑，而更多时候她是那楼梯转角处冷若冰霜的样子，我分明地听见她说着：

"这样有意思吗？"

这使我的心一次次收紧，在痛苦中痉挛，我绝望地哭喊着，嗓音却喑哑无声，她的背影消失在楼道的一侧，只留一角苍白的天空。

我这才意识到最痛苦的莫非经历，而是回忆。

苏朝云终究离我越来越远了，我不可阻止这种变化，尽管我仍对她怀着朋友的情愫，也许她对我也尚存一种纯洁的礼仪式的友爱吧。

我们是同样的人，这是我们的幸运，也是莫大的悲哀，这果真是宿命。

最终，在2015年年末的寒冬中，我决定忘记苏朝云这位朋友，忘记我曾经相信的执念，但我知道，我永远不能真正忘却这一切。

十、尾声

孤独，宛若深夜中无际的黑暗，无边地笼罩着我，这笼罩似乎是永恒的，又如那未退的隐痛。

眼前点点灯火渐渐清晰起来，再次使我的眼感到刺痛，不远处廊桥下系着的灯笼随着风摇曳着金色的流苏，随性地舞着，深色调的巨幕，在夜色中占了柔和的光，显出些与主题不合的温馨，人们依旧穿梭着，熙攘着。

我的相信，我的不相信，都不过是一个少年微不足道的精神世界，不论我失去什么，得了什么，我终究是这芸芸众生中的一员，永不改变。

我曾渴望过不凡，渴求过梦影，可我现在只渴望生活，我只希求将我放在我的面前，看到一个真实的赤裸裸的自己，我看到他的逃避、他的怯懦、他的负罪，我看到他躯体中不曾丧失的温暖、他的善良、他的热诚，我看到他支离破碎的执念，他曾相信的爱情和友情。

我看到我自己，他在怯懦着，他在忘却着，他在孤独着。

我从木椅上站起身来，我沐浴在温馨和凄凉中，我渴望从这夜里脱身，我渴望着苏生，我开始奔跑，脚步踏在青石板上，发出沉闷的足音。

寒风迎面渗入我的肌肤，但我的心是温热的。

我奔跑着。

我的眼前，在这夜的绸布中浮现出那些曾在我生活中闪过的人们，他们的影子在风中掠去，带着笑靥。

我奔跑着。

行人用诧异的眼神望着我，但我已无所顾忌，我在心中喊着苏朝云的名字，我将向她道歉，告诉她我多么渴望见到她，我将向她诉说过去的一切，诉说我的怯懦、我的相信、我的希冀。

我奔跑着。

泪水夺眶而出，我感受着它冰凉的触感，我从不曾如此快慰地流下泪水，我只任这晶莹的水珠散落在风里，如同曾经无数个日日夜夜，和我曾经相信的不相信的执念。

2017 年 2 月 7 日

后记

其实就这篇小说我并不想写什么后记，但是一下子写了那么多，总该在最后梳理一下。第一，我想说的是我从来不曾对它满意，写时不甚满意，写完后更是感到不尽如人意，总感觉前后很矛盾，有很多不曾照应的地方，再加之在这短促的寒假中，我拜读了一些名家作品，便欲自闲起来，也意识到我的不成熟之处，但亦正常。

无论如何，这部我有史以来最长的小说算是倾心而作，只是由于忙碌未能一气呵成，但也不遗憾，只是把心里的东西写出来也便好了。至于文中的林羽是不是我，我想既是，又不是。我的影子在他的身上得到放大，他是我的理想状态，又是我的极端状态，总的来说，我们还是有很多共同点吧，比如文中反复提到的怯懦、负罪感等。

我想也不必多饶舌，因为此文多半是留给未来的自己看的。

最后向我的朋友们，向徐泽清们和苏朝云们，还有钱菱们表达我的谢意，没有他们就没有我的今日。

2017 年 2 月 9 日清晨

仲秋

——致不甘平凡的平凡的我们

一

9 月的最后一天，落了雨，校园隐没在蒙蒙雨幕中，俨然是久别的色彩。

到了离校的时分，学生们纷纷撑起伞，拥在校门口彳亍向前。路面绽开一朵朵伞花，宛如雨打的荷塘。

家伟吃力地举起短柄伞，肩上的重负使他感到呼吸困难。他整整背包，抬头四顾，唯有一张张如自己般坚忍的面孔。

这队伍何时到头！不远处，偌大的校门已让人们挤得满满当当，除了——

家伟猛然从人群中挤出，径直奔向路边的水坑，蹚过了校门。

公交在海滨小区到站的时候，车载收音机里甜美的女声正不厌其烦说着"下雨天路面湿滑，出门需小心"。

下了车，家伟没再撑伞，他不知道对明天，到底是盼望还是害怕。雨丝轻柔地落在脸上，清湿的柏油路面，街灯下早早挂起的国旗，三三两两学生的笑声，莫不使他感到蓦然的释怀。

他闭上眼，任那已是仲秋的风拂过自己的胸际。

二

家伟睁开眼，秋阳早已粲然，破窗而入。这光景，自不必说。

楼上隐约传来细碎的脚步声，早餐归母亲，洗衣归父亲，一逢假日，每每如是；音量很大的收音机自鸣得意地播送着早间新闻；窗外照例是杂乱的周遭之声；车轮轧过减速带微微震颤，早起的老人高声谈笑……

"当——"

交警大队的钟声庄重地敲了八下。家伟翻身下床，新换的拖鞋踏过积灰的地板，发出绵软无力的声音。他驻足窗前，周遭渐浓的节日气氛使人感到莫名的愉悦。他伸手关紧纱窗，并盘算着今天当写的卷子、应读的书。

一阵突如其来的爆竹声打断了他的思绪，不知是不是谁家又结婚了。

管他呢。家伟索性披上衬衫，快步走到客厅，略一踌躇，打开了电视机。

他明了，自己终是无奈于自己。

三

这世上有许多相识的机缘，家伟从未想过，旅行也是其中之一。

他就是在那时认识轩的。

彼时还是暑假，家伟自以为是上高中前的放肆时光，便反常地提出要去旅游，一来放松，二来也好逃开东南的酷暑。

目的地是青海，报了旅行团，旅程并不轻松，但是西北的景色确乎壮美得令人心醉，倒也不虚此行。

在青海湖时，导游经不住大家的恳求，在沿湖线上停了车，好让人们下车拍照。虽是盛夏，西北的天气却清爽如秋。下得车来，家伟倚在车门处，沐着清风，由它洗去一路风尘。如游客们纷纷掏出手机照相，争分夺秒，只有一个女孩例外。她随意地拍了张，便驻足眺望着远处一色的水天，一人孑立，任风撩动她的发丝。

家伟有些诧异，便上前笑着问："你怎么不拍了？"

她回首，怔了怔，旋即嫣然一笑："拍多了就没意思了。"

当时她穿了一件浅蓝色的衬衣，在湖畔的金色油菜花田野中，煞是好看。

他们互加了QQ好友，余下的车程中，家伟一直捧着手机，他得知了轩的名字，二人又惊喜地发现下学期他们又将念同一所高中。

"世界真小。"家伟几乎是下意识地打出。

"是啊。"轩回了一个微笑的表情。

时至今日，家伟还时时怀疑，若那个青海湖的午后，他没有迈出那一步，他的生活能否还是今天的样子。令他悲哀的是，他从未在自己一潭死水一般的生活中找到一丝波澜，尽管他曾以为这一切都会改变。

四

和父亲吵完后，家伟搁下纸笔，带着未消的余怒走上二楼。他开了灯，白地砖反射的清白灯光，厨房家具投下的灯影，使他不由打了个寒噤。他很少在夜晚独自来到这里，抑或是说他素来不喜欢这里，夜色下这儿太冷寂，倒不如卧房灯下橡木地板上的光晕来得温馨。

但彼时，唯有此处，方能使家伟的心感到安静。

他想到白天，或者早些时候，早天的秋阳将他唤醒的时分，他曾想过，自己可以做很多作业，或看几篇短篇，充实而愉快地让这一天过去。

他全然可以的。

家伟喟叹一声，转身踱上阳台，在沉沉夜色中掏出随身听，切到那首 *Sound of Sliouce*（寂静之声），让熟稔于心的旋律同月华般沐着自己的全身，正如《挪威的森林》于渡边彻一样，使他感到一阵阵战栗。

他竭力不去想，但父亲的话还是再一次响彻耳畔：

"你不是要考中文系吗？这样行吗？"

家伟不知道自己为什么会变成这样，也许是命里注定如此，但他从没有，哪怕一点点的勇气去承认。

他想痛哭一场，在这唯有月光在场的清夜，褪去自己所有污痕，从明天起，是的，就从明天起。但想哭的时候，泪水总是流不下来，每每如此。

家伟自嘲地笑笑，回过身去，关了灯，一人踏着楼梯往下走。

五

7:07

轩：图书馆来吗？一起自修怎样？

7:30

轩：你不会还没起床吧？

小城的街巷，节日的气氛未褪，当家伟倚在公交车窗上不厌其烦地循环着随身听之时，这朗然入目的秋天小城景致：穿梭来往的车辆，广场上行来走去的男男女女，天空被撕开一角从建筑的房顶投来的阳光，莫不使他心境开阔。

下了车，他觑了眼表，不早不晚，正好8点。几乎是抬头的同时，他看到了图书馆门口轩的身影。

"早。"轩大方地跟他打招呼。她把头发绾了个松松垮垮的发辫，在风中略显凌乱。一身米黄色的衬衣，她的打扮总是那样得体、整洁。

"哎，早。"家伟有些笨拙地说。

一上午，二人都默默不语，兀自埋头于作业，只是轩时时心不在焉，家伟问起，她却三缄其口，随口搪塞过去。

"不介意的话，中饭去我家将就好？"时至中午，轩忽然小声问道。

家伟不由得一怔，有些怀疑自己的耳朵。

她不无尴尬地笑笑，伸手将脖颈上的一缕秀发撩至耳后。

"唉，没什么的，当我没说就是。"

"好啊。"家伟温和地笑了，反正父母上班，自己也是吃了上顿没下顿，去又何妨。

公交车上，缄默了一路，脚落地的那刻，二人顿觉轻松，仿佛有什么东西宛若夏末秋初的燠热一般杳然散去。

二人一路相谈甚欢，家伟谈及自己种种的光辉"事迹"之时，引得轩朗声笑了起来，像黑白影片中的奥黛丽·赫本那般夸张地张大了嘴。少女的笑声融化在这秋日的空气里，叫人神清气爽。

不多时，便到轩的居所，她熟稔地打开了门，却回身对家伟说："我决定不学文了。"

她的脸上再浮不起一丝笑意，代之以令人心碎的哀愁，和之前判若两人。

"怎么会呢？"家伟道。

"我爸妈，你晓得的，也就是那句'学文没前途'。"轩凄然道，"抱歉，文学社我不能去了，我要食言了。"

"你该听你自己的。"家伟道。

"没法子呀，没有这么简单，我已经想通了，女孩子，还是安稳地活着好。"轩勉强地挤出一丝笑容，"总之，谢谢你的陪伴，今天是我在这几日里最开心的一天。"

她不愿再把话题继续下去，便转身进了厨房："吃面罢。"

"好。"家伟失神般小声答道。

少顷，他想到轩也许需要帮忙，便向厨房走去，一推门，竟被一阵烟味呛住了，他惊愕地抬起头。

轩慌忙掐灭了烟头，粉面通红。

"莫说出去，这是我爸的。"说罢羞赧地一笑，若是从前，家伟会觉得她很美，而现在，唯有麻木。

"啊。"他微微一笑，退了出去。

随后二人吃了面，自然又是缄口不言，只有碗筷的声音。

从轩家走出的时候，家伟想起餐桌的软玻璃下，压着一张轩的班级8月军训的照片，他很容易地就找出了她。那时的轩还要胖些，脸上漾着童稚般的笑，把手臂高高擎起，俨如整张扬起的帆。

他戴上耳机，耳边传来巴瑞的《南加州从来不下雨》：

好像南加利福尼亚从不下雨，

好像我曾经听过这类话：

加利福尼亚永不下雨，

可是女孩，他们没有警告过你，

那是大雨倾盆。

……

六

钟声响了六下，浑厚的金属撞击声划破入夜的天空，宛如白昼的绝响，渐渐散去。

这是一天中最后一次鸣钟。

从祖父家走出，柏油路面不觉中浸满了夜寒，家伟不由得裹紧了薄夹克，跺了跺脚。

"上车吧。"母亲发动了汽车。

家伟无力地应了声，便向后座走去。

"坐前座好了。"母亲柔声道。

"嗯。"家伟在副驾驶坐下，感到喉头有些哽咽。

车灯笔直地照亮前方，他闭上眼，任由这雪白的光束将自己带去那些陌生了的，抑或尚存余温的地方。

他想起轩那温好的笑靥，她分明地说："家伟，咱们文学社见。"

忽而是那支掐灭的烟头，和那双木然空洞的双眸，蓦地又是她离去时纤然的背影，缓缓地模糊，直到如烟远逝。

转而又是父亲的话，及他失望的脸，父子的沉默又使这次家庭聚餐不欢而散，父亲吃罢便黯然离去，那碰门声宛然仍在耳畔，他不想装作若无其事的样子，使自己沉沦在一天天或失望或希望的钟声中、一日日虚掷的光阴里。

他不想。尽管他早已明了自己，宛如那是一种宿命，让人无处躲藏，既是如此，他还是不愿沉沦，在这迷离的仲秋风雨中惘然踯躅，莫所适从。

他戴起耳机，巧了，正是他想听到的旋律，李宗盛的《山丘》。

家伟睁开眼时，车已稳稳地停下，他卸下安全带，正欲开门，母亲说："嗳，伟儿，回去给爸爸道歉吧。"

"哎。"家伟说着打开了车门，径直向楼道走去。

明天，就从明天起。他默默告诉自己。

那时，夜空中的，已是一轮中秋的月。

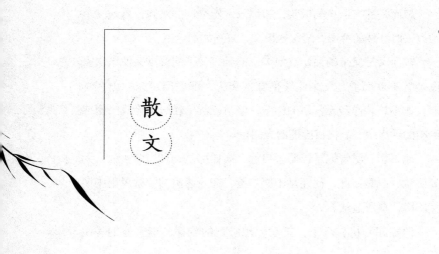

散
文

旧楼遗梦

　　从旧的教学楼搬出以后，我在夜里放学时分，还会打那儿走。

　　彼时正是江南清寒的初冬，学业一如那沉郁的天色渐渐麻木了这个冬天的寒冷，拖沓已久的校区终于落成，随着高三的搬离，旧校区倏然空旷不少。我们也便顺理成章地逃离了这设施陈旧、毗邻街道的旧楼。

　　往日恨不得立马逃离的所在，在搬离之后，颇有些令人怀念起来。在正对旧楼的教室上课，侧目即是被割取一角的天宇；放眼窗外，旧楼的教室便朗然入目，甚至可以找到自己从前的座位，不禁使人做些空幻渺茫的遐想，宛若与从前的自己蓦然相遇。

　　那时，仿佛是很久之前了，我偶尔会在午后哼几首歌，也尚有倚着栏杆远眺的闲静时光。这一片，最高之所便是对面的足道城，树木毫不限制地恣意生长，竟在小城里长成了一片浓浓的绿意。每每听着我那无药可救的物理竞赛课，从纷乱中抽出身来，毫无遮拦的窗外便是蓊郁的绿影和那肆意扩散的天空。

　　诚然，我是一个怀旧而感性的人。好在这世界，既不让我无旧可怀，又不使我背负太多旧事。而每每在汹涌的时间缝隙中稍作喘息，它们便会成为我的休憩之所。

我想这个旧楼便是其中之一。

于是每个早晨我都会在一个固定的拐角和人流分离，兀自走上旧楼衰颓失修的楼道，沿着二楼的廊道走到新楼；夜里下晚自修后，披着月色沿原路返回，在同一个拐角汇入人群。日复一日，宛如一个冗长而循环往复的隐喻。

学生的离去，似乎让旧楼衰老不少。它矗立在冬日清白的苍穹下，显得老迈而空寂。虽不过20年的建龄，可这江南湿热黏稠的气候已将它折磨得颓老不堪，尽管那橘红的周身保持着当初的雄伟，但内部早已积弊难返：楼道的墙面早已剥落，显出里层丑陋的墙体；落雨的日子，楼前总是洪泽一片，总须涉水而过；楼前的草丛久失修剪，不觉中便蹿起老高；过道间盘踞已久的尘垢淡褪了它原本的颜色。

它似乎是一艘锈迹斑斑的战舰，庞大的舰身即可窥见它当年叱咤风云的辉煌，而今人去楼空，茕孑一身，停泊在废弃的海港，它麻木，它无神，它无所思想，它等待死亡。

我一人的跫音回响在这空荡荡的楼道，门上的封条在风中颓然摆动着，空无一人的教室显得大而无当。这一切莫不给旧楼点染上几笔凄然，宛然一座废弃的空城。

于我而言，它却像是王小波笔下的长安城——那个此生此世之外诗意的世界，尤其是在夜晚。

犹记得十二月那些困苦而混沌的日子，期中考试的滑铁卢使我万念俱灰，每日囿于循环往复的学业，犹如陷入另一个《土拨鼠之日》，无法挣脱，在同样的惘然中睁开双眼，在一成不变的倦怠中入睡。考场作文的分数尚历历在目，我一时失了欲念，一连多天没有读书。如此的，我没有可牵挂的事，亦没有可牵挂的人。

我无药可救，就如同这旧楼。

于是我便常常在夜里走那条路，那俨若一条神秘的通道，通向一个空旷而凄凉的世界。我有一种预感，夜晚的长安城，已待我多时，正如我曾等待它一般。

离开教室中混沌迷离的光线，二楼的廊道渐渐隐没于黑暗，唯有前方金属栏杆勾勒出的暧昧光影，月色轻描淡写的点缀。开始在夜里走至此处，我常常叫恐惧攫住，情不自禁地加快步伐。尽管我不明白我究竟在害怕什么？也许是我太过怯懦，抑或是人类畏惧黑暗的本性使然，然而夜风疾步从我身侧过去的霎时，我确乎感到了黑夜的触摸——干燥而冰凉的触感，渗进我面颊的每个神经末梢，宛如那些艰难的日子，仿佛触手可及，伸手即可触及的时间流逝的步履使我全身觳觫一怔。

夜阑的松涛之声伴着穿堂的冷风袭来，宛若一种古老而神秘的仪式，又像是在聆听故人的咸湿旧梦。这是白天不曾有过的感受，这松声，这凄迷如梦的夜，使我停滞的头脑产生了思想的欲望。

每到此时，我总会放缓脚步，或是稍稍驻足。远处是这城市虚无缥缈的光影，我孑立在夜色浸染的过道，有如盖茨比守护着码头的绿灯——他的美国梦。而支撑着我日复一日从此走过的又是什么？学业？梦想？金钱？爱情？这一切是可以支持人们活着的信仰，而于我却不甚了了。

我的麻木，我的惘然，在这夜里叫寒风吹得了然。它促我停步，在这时间势不可当的浪潮之中，留出一隅思索的角落。使我可以聊以自慰的是，我的长安城，我从未失却，一切也从未走向庸碌。

在忽然了悟的瞬间，一切纷纭烦冗将随风在心中纷飞飘散，一时间，天地倏然空阔，落雪的原野一片素白，明日的雪又将如期而至，今日我留下的足迹终将被湮灭，但我不会怀疑那是我心之所向的路。

"天空没有鸟的痕迹，但我已飞过。"我喃喃道，顿觉身心舒畅，宛如大哭了一场。

权当自己哭过吧，那么就在长夜将尽时，将所有的烦冗留给夜晚，如此便可以在晨光熹微中走上新的前方。

今夜的混浊终有尽时，明天我又将回来，沿着那条冥冥之中无可变更的道路，踏过雨天一片洪泽，晴日不起的微尘，回到我的长安城里来，与人们若即若离作为隐喻。

这便是我所渴求保有的世界。

这便是我所渴求行走一生的路。

暂搁下笔，才倏然发觉窗外的雨声已止，欣喜之余，拉开一角窗帷，凝眸望天，只见夜色沉沉，月明星稀，宛然又回到校园旧楼的夜晚，松涛声又簌簌地响起来。

犹记得那些十二月冷寂的日子，那时还在困苦之中苦苦挣扎，在那夜晚的廊道，我逼迫自己在恐惧中放慢脚步，走过之后，就权当自己哭过了。

那么就得在长夜将尽之前，将所有的烦冗留给夜晚，如此，便能在熹微的晨光中踏上新的征途了。

我的生活奢侈品

入秋之后，时间倏忽间变得寡淡，生活一如那千篇一律的高阔的天色一般索然，失了兴味。对一切的热忱俨如夏日的溽暑般，一去杳然。时光在无声中淡褪着梦想。

唯我自知，在囿于学业和刷题的生活中，我仍保留我的奢侈，那便是写作。

得知好友 K 获得了那次作文大赛的特等奖时，正是一个秋夜，他将有幸在寒假前往上海，参加总决赛，而我却只能独自待在家中，无声地腐烂。我点亮手机，回复他恭喜入围，并告诉他我没有进。然后按灭屏幕，把手机塞进沙发缝中。我不想听他的安慰，哪怕是发自肺腑。

事已至此，我不想用委屈填满自己，说些愤懑不平的傻话，或是痴痴地去凭栏自哀，把伤情化作喟叹，用泪掩蔽失意。我究竟多么重视这次大赛，我付出了多少，已不再重要。如果说写作是我生活的奢侈，那这便是奢侈的代价，我将不会轻言放弃，正如我保留我轻狂的倔强、我最后的自尊。

我开始哼歌，并告诉自己应该为 K 高兴，秋夜微凉而温润的风透过纱窗浸润了房间，在寒流到来前，这是最后的温暖了。

我打开电视，不去想其他种种，关去声音，重新看了一遍《天使爱美丽》，失声的画面，协调而柔和的光粒子在夜的幕布

131

下交织，有一种看默片的温馨感觉，索性关了灯，让夜色沉沉地涌上心头，让时间轻手轻脚地流逝。看法国电影总有一种写作的快意，它不似好莱坞般的浮躁、太过商业化，它总是不动声色铺叙着故事，不知不觉中将你的心柔化了，这是多么奢侈的享受，浸淫于此中，感受夜幕下光影的变幻，思维与笔尖碰撞出绝美。

这大约便是我喜爱在清夜静静地写作的原因吧。

风仍是柔的，窗外的夜海呈现出暗红而诡异的色彩，有种诗意的美，倏然想到王小波的话："一个人只拥有此生此世是不够的，他还应该拥有诗意的世界，对我来说，这个世界在长安城里。"

于是，我写作，为了追寻绝美，为了我的长安城，为了我恣意的轻狂、我的梦想。

为我的奢侈和自尊。

与你一起走过的日子

亲爱的吉他，你好！请允许我这么称呼你，我最亲爱的伙伴。或许，此刻你正安静地倚在墙角，静静地听着我发自内心的声音，我的朋友——吉他。

如果我记得不错，你是去年十月份到我家来的，如此算来，我们相识已有一年有余了吧！我至今还记得你刚来时的情景，想来真是令人发笑。我托着你，似乎有千斤重似的，无精打采的，真恨不得赶快把你丢下，就算是练习老师布置的指法练习，我也是三天打鱼，两天晒网，越练越觉得枯燥无味，只要父母不催，能混过去便干脆不练了。说起这些，着实有点难以启齿，但是亲兄弟也常会斗嘴呢！何况我们这对还未"磨合"的伙伴呢！是吧?

哈哈！提到这里，你又该数落我了，但别急着说，俗话说得好"日久生情"，虽然我一开始像躲瘟神似的躲着你，但是随着时间的推移，我慢慢地改变了对你的态度，既然我已经开始学习吉他了，那还不如好好地学呢。你说是吧！不过那时我对老师布置的练习，也还停留在完成任务的思想上，还远远谈不上对你有什么兴趣，更谈不上有什么感情，总是有那种练完了就算完事儿的心态。想想那时候的自己，唉，真不说这些了，再说下去，你又要生气了。

你真正地深入我的内心，驻入我的灵魂，那是好几个月后了。从基本功的学习逐渐到歌曲的学习，我对你的兴趣越来越浓厚。每次完成老师布置的作业，我总会找些自己喜欢的歌曲，再和你一起演奏几遍，分享我的心得与体会。在和你的共同演奏中，我感到了一种无法用言语描述的感觉，那似乎是一场狂风暴雨般的疯狂，有横扫一切的力量似的；又有一种莫名的愉悦，能让我一下子忘记所有烦恼，只是沉醉在这美妙的琴声中。在这种奇妙的氛围中，仿佛世界都沉寂了，一切都静下来，像是早就彩排过的一场演出，只有我和你在这无边的寂静中放声高歌。大地似乎被撼动了，在琴声中敲击着一面巨大的鼓；太阳和蓝天变戏法似的把一道道金黄的光芒照射在舞台上；风儿也在这音乐中情不自禁地吹起了风笛，引得落叶纷纷赶来，翩翩起舞……演奏到尽兴时，闭上眼，似乎看到周围的人们都在静静地倾听着，都沉醉在这忘我的歌声里……

也正是从那一刻起，我真正地感觉到了你带给我的——音乐的力量，虽然无形，但却有无穷的能量，深深地烙进我的灵魂，使我总有一种随时都想与你一同高歌一曲的冲动，有了一股想要展示自我的勇气。可以这么说，你改变了我，你让我改变了以往的胆小怕事，有了上台演奏前"拼一把，不必在乎成败"的想法，同时也让我学会了细细品味音乐蕴含的情感。虽说我的体会还尚属肤浅，而且还有很多要学习、有待进步的地方，因为学习音乐本身就是一个不断超越自我、不断进步的过程，在这个过程中，我感到了充实与快乐。

感谢你，我最好的朋友——吉他！

感谢一路上有你陪我走过，在与你一起度过的日子里，我收获了很多，有烦恼，有坚持，也有你带给我的快乐与音乐的力量。这段宝贵的时光，纵然千两黄金也不换，因为这段友谊，无价！

我最亲爱的伙伴，请允许我这么称呼你，或许此刻你正安静地倚在墙角，静静地听着我发自内心的声音。

与你一起走过的每一个日子，都将成为我最美好的回忆，成为我成长路上无穷的动力！

记忆，是一首歌

在周末的午后，披上一身暖暖的阳光，坐在床沿上，抱着吉他轻轻地弹一曲民谣，无疑是极惬意的。音乐，早已成为我生命中的一部分，它随着微风翻开我记忆的书页，就像冬日的暖阳，把泛黄的回忆点亮。

一

"小兔子乖乖，把门儿开开，快点儿开开，我要进来。不开不开我不开，妈妈没回来，谁来也不开……"

脑海里最初有关音乐的回忆，从这首童谣开始。我不知道这令我记忆犹新的曲调引起了多少人对童年美好时光的追忆。童年已成剪影，但那稚嫩的童音却总使我想起那些手捧故事书，吃着大白兔奶糖，嘴上嚷着要布袋熊的日子，难忘那渐渐远去的童真。

二

"宁静的夏天，天空中繁星点点，心里头有些思念，思念着你的脸……"

《宁夏》大概是我接触的第一首流行歌曲，虽然那时不过七八岁的我并不懂这首歌唱的究竟是什么，但当我在车载音箱上第一次听到它时，就被它迷住了，以至于反复地请求母亲一遍遍地播放，直到下车了，我也不忘含混不清地哼上一会儿。那时过着无忧无虑的日子，也总盼着快快长大，便缠着祖母看《星光大道》，笑完主持人的幽默调侃之后，也会学着里头大人们的腔调唱着那些我还一知半解的歌。若高兴了，就会拿本本子卷着当话筒，从不怕大人说跑调，闭上眼，仿佛确是站在了舞台中央，像个歌手一样。

三

"原谅我这一生不羁放纵爱自由，也会怕有一天会跌倒，背弃了理想，谁人都可以，哪会怕有一天只你共我……"

在我11岁那年，吉他这个原本陌生的乐器，走进了我的世界，像一个美丽的姑娘，散发着青春的活力和自信，使我不由自主地爱上了她，爱上了那种纵情歌唱的肆意。她给我带来了一种无与伦比的成就感，也彻底改变了我对音乐的认识。正是从那时起，音乐从一种可有可无的休闲变成了我人生的一部分。她让我着迷，甚至疯狂，使我难以想象没有她的日子。

在学会了扫弦之后，我越发地迷恋上了吉他，摇滚乐带着一种玩世不恭地青春激情逐渐迈进了我的生活。五六年级的孩子，开始"叛逆不羁"，但也怀着远大的理想，想去外面的世界闯荡，结果却发现世界太大，自己太小。于是乎，心里那些说不完的话，全都化作热情注入吉他，将包含感情的曲调字词，扯着嗓子大声唱出，那些青涩的青春过往，最终散落在风中，化为记忆的碎片。BEYOND 的《海阔天空》《光辉岁月》，许巍的《蓝莲花》这些全程扫弦的歌，成了我的最爱。那时并不在意自己唱得怎样，只要尽兴就好。与其说这是陶醉，不如说是一种青春的宣泄。

那一声声清脆的扫弦，在我的指尖流淌，那么清澈，映着一个少年成长的影子。

四

"董小姐，鼓楼的夜晚时间匆匆，陌生的人请给我一支兰州。所以那些可能都不是真的董小姐……"

时间的书页总是不停地翻着，原来那个不谙世事的孩子已经长成一个翩翩少年。我渐渐褪去了童真，渐渐地长大。但我始终离不开吉他，离不开那些音乐。进入中学，音乐依然伴随着我，尽管学业繁忙，在课间空闲时，我也会轻轻地哼唱几句民谣，没有摇滚的激情，但多了几分稳健和成熟，多了一些对人生的感悟和理解。

我总爱在周末忙碌之余，放上一曲民谣，想着心事，听着那纯净无瑕的声音，如清泉静静流淌，滋润我心灵的每一个角落。倘若时间多些，我会抱起吉他——清清嗓子，缓缓地拨响琴弦，弹唱一曲《董小姐》或是《南山南》，未必动听，但一定动情。

从前我不在意的拨弦在民谣曲子中突然有了新的魅力，在我指下划过的音符竟是如此空灵，它们绵延在午后的阳光下，闪烁出一片暖暖的金黄。

五

在周末的午后，披上一身暖暖的阳光，让已成为我生命中一部分的音乐抹去时间的痕迹，就像冬日的暖阳，让我找到曾经的自己。

记忆，是一首歌，一首成长中最美的歌。

原来，西塘并不遥远

执笔于住所的窗台，踱步冥思，忽有所感，即作此篇。

一

同样都是所谓"江南水乡"，我却觉察不出家乡小城有太多的水汽，平心而论，这里也有不少水道，或许是嘈杂的车马轻扬的尘沙遮住了远处的黑瓦房吧，在故乡，在同样醺得游人醉的暖风中，"小桥流水人家"的影子却渐渐淡了，只留下梦里的背影，仍是微微笑着，却再触不到。

唯有阳光是亘古不变的，依旧正好。

二

如此便应去寻一遭的，即使终为梦影，对自己，也不该留下太多遗憾。

于是，毫不犹豫，启程去西塘。

三

如果说长江中下游都可算作广义的水乡之筹的话，那我想西塘定是属于狭义的水乡范围的。

初到小镇，尚未褪尽风尘，我便领略了一把水乡风情。

谁能想到，如此出名的景区，竟屈居在一个极不起眼的镇子里，寄人篱下，却毫无怨言，默默承受着千万脚步的叩问。

当地人应该会骄傲吧，为他们日日经行的黑瓦白墙。

坐上了前往景区的观光车，我发现我错了。

司机师傅是个当地人，很是健谈，可却很少主动提及景区，只是在我们一再追问时才轻描淡写地介绍几句，也多是讲述景区里外亲人分居的种种不便。

临到景区时，再放眼窗外，人们也仅仅是平淡地过着故乡习以为常的日子，没有人会抬起头，细细地欣赏，就像这只是一位自家尚未出嫁的秀丽姑娘一般。

或许这才是真正的水乡人，他们世世代代在水边生活着，也渐渐被水淘洗去了明艳的色彩，只留下坦然。

四

西塘之水绝不是西塘的水，这一点我深知。

不是水流于西塘，而是西塘融于水中。

于是便放缓脚步，细细地搜寻夹藏于时光浅缝中的水迹。

五

虽是初春时节，西塘的阳光也足以沁人心脾了，脱去厚重的外衣，漫步于无栏的水边街巷，看暖阳般温和的水波安详地侧卧着，听它们潺潺地笑着，这无疑是这样的春天日子里最好的享受了。

街道皆是石块砌成，看上去也很有些年头了，便尽量地把脚步放轻些，我不想在默默的历史老人面前显得太张扬。

所幸，年轻的人们懂得安静，街边的店铺虽有的早已换上了新潮的门面，有的依旧古色古香，却同样地沉默着，没有嘈杂的叫卖声，就连讨价还价的语句也会放轻，好像害怕惊扰一个路边藤椅上熟眠的老人年少的梦。

不知这儿的人们，当他们从父辈手中接过这不大的几间门面时，是否曾久久凝望过窗外无言的清波。

水的安然静谧，一览无余。我忽然想到了老子对水的崇敬和道家的无为。

六

再往下去，桥便多了起来，几乎都是拱桥。因为是为了方便桥下船的来往穿行，拱的幅度也不小。

对于这样的拱桥，定是要慢慢地攀登，久久驻足体验的，可惜迫于游人渐多，时间又颇紧，不得不匆匆经过，这也算是一大憾事了。

虽没有好好体会过，但我也明白，这便是水的魅力所在，人们以方便为目的而建造的越过它的拱桥，最终伴随着时间的推移，同水构成了画，构成了无数风流名士心中的一抹"小桥流水人家"。

是的，水便是这么流动着，毫不意外地流进水乡，融进西塘。

润物无言，包融万象。

想到这里，下意识地扭头看林立的店铺，果然，街边一排排的橱窗，既挂上了嬉皮帽，也甩卖着廉价的牛皮糖。

七

入夜，是西塘最美的华年。

这里的灯火不会太明亮，只把门外阑珊，描摹下行人的影子；这里不需要太多的华彩，只需几点昏黄，流水即是月下的舞台。点缀上莹莹闪动着的面彩，水波似乎轻轻地活跃起来，这时便真像是个俊俏的女孩儿，放下了矜持，却又不失庄重地，伴着岸边微醉的歌谣，轻轻摇动着裙摆。

泛舟西塘一直是我极向往的，此刻竟能以一个如此的夜晚来为我的旅行画上句号，真是令人雀跃。

不久的等待之后，便该上船了，随手披上一件救生衣，俯身入舱，这是一艘典型的江南游船，人们相向而坐，没有人说话。

少时，艄公轻轻用力一撑篙，船便离岸了，小船像一个听话的乖儿，在水的臂弯里滑淌着，我明白，此时应当闭眼了。于是便闭目仰头，听船身滑过水的纱裙，艄公定是轻轻地摇着桨罢，入睡的河道经不住抚摸；淡色的灯光依旧闪烁着吧，只是也会渐渐静下来，望着夜中的繁星，做同样的闪光的梦罢。

不去想这一切了，水的肌肤正轻轻地托起整个夜晚。

八

船到岸后，便出景区后门，不见身后锦瑟，门外已是寻常街市，想来真有恍如隔世之感。

今夜告别，披星踏返程。

梦归西塘，倩影久萦绕。

九

忽然想起，来时国道边的一句话："任凭时光老去，我在西塘等你。"是的，不必多言什么，只需一个等待，也只是一个梦影。

文明无疆的行者

一

翻开《行者无疆》，我便意识到，这是一本极有分量的书。

因为这是《千年一叹》的续篇。

虽是续篇，但正如作者余秋雨先生所说，这"续"得有些勉强，毕竟差别太大。从大漠尘烟、枪声零乱的惶恐到风轻云淡、信马由缰的闲适，文明的脚步在这迥然不同的两地留下了截然不同的节奏，当昔日的辉煌散作黄沙尘土，曾经的荒原却已是水涨船高。

于是粗读《千年一叹》后，便急于访求这反差的另一面。

二

令我意想不到的是，书一开篇便是庞贝：作者选择以沉重的人性闪光来开启他的欧洲之行，着实令人意外。

接着便是罗马、威尼斯、佛罗伦萨……一路北上，四卷96座城市，足迹踏遍整个欧洲。如此，意大利这个开始，在文化上、地理上，都是绝佳。

今日欧洲灿烂的号角，便由这里吹响。

三

旅行？

游记？

没错，但是《行者无疆》有的绝不仅仅是这些。我想，或许更多是对历史遗忘角落的发掘，对光彩明艳背后的探寻。

往大了说，是文明；往小了说，是文化。

也许是觉得这本书价值太高吧，所以当我看到在序言中作者提到它曾被赴欧的中国游客作为导游读物时，心中竟不觉有些大材小用的不平。可是转念一想，也许正是由于这本书，才激发了无数国人对西方的向往与思考。

是的，《行者无疆》中的欧洲才是真正的欧洲，一个褪去了街市繁华、光鲜华丽外衣的欧洲，一个可以触摸到的本真单纯的欧洲，就像环绕着霞光暮色空城的罗马，就像北欧夜色下泛着斑驳月光的老街。在这里，城市和文化近乎完美地融合着，在每一个国家、每一个地区，乃至每一座城市、每一条街巷，都有一些与之相关的名字，像是柏林的森林中闪耀着的白色碑文，历史深处闪烁着的点点繁星。

四

一路看来，不得不佩服秋雨先生的文采和文化积淀之深厚。

大师不愧为大师。余秋雨先生对人类社会的深刻思考，对人性对文化的感悟，一切似乎都是水到渠成，那么自然，却又那样犀利，针针见血，拳拳到肉，他曾在写文艺复兴时期的巨匠米开朗基罗的一节中写道：

因此，我不能不再一次强烈地领悟：历来糟践人类文明最严重的人，不是暴君，不是强盗，而是围绕在创造者身边的小人。

也许这便是米开朗基罗晚年悲苦的一个重要原因吧，再想想作者对伽利略晚年的描述及自身的经历，真有些愤慨和凄然了。

佛罗伦萨、文艺复兴、但丁、米开朗基罗……那些曾经耳熟能详的城市和名字，在这并不太厚的书中却像被重新赋予了生命般的鲜活，拂去了历史尘埃的巨人，显出少年的羞涩，宁静地笑着，默默地看着。

历史选择宁静，因为它知道总会有一些和清晨一样静悄悄的朝圣者，虔诚地拜访深夜里模糊的铭文。

五

读完全书，回头缕缕思绪，才真正体现出精妙来。

看似散漫的随笔游记，仿佛毫无关联可言，实则却在冥冥之中汇聚向一个共同的端点，犹如群星环绕北极。也许就只是一个点，却浓缩了作者心胸的广博。

是的，这是对曾经的追念，对现实的求索，对未来的遐思。

再比比《千年一叹》，我想相比前者，《行者无疆》书中略少的对中华文化进行思考与比对，但在总结处已有所弥补，如此所差的，便是行走于枪口之下的惊险和"千年走一回"的气魄，可也多了几分可用于潜心思索的宁静和雅致。

正是漫漫长夜中勾勒灯影的宁静，正渐渐无声地拓展着文明的大道。

六

行者是无疆的，文明亦然。

驶向春天的地铁

暮春的天气总是那样不温不火，又叫人分外惬意。可在那撩人而温存的风拂过我脸颊的霎时，我倏然意识到这份平静已不过是留于表象，夏日的炎热已蠢蠢欲动，色彩明晦无声地转换，时间的车轮终将驶离春天。

得到期中考试成绩的时候我正在哼歌。退步了40多名的年级排名和惨不忍睹的理科成绩使我周身陡然一颤。歌声凝止，阳光迫人眼目，湿润的风带着春天愈来愈淡的气息吹抚我的胸际。

一切没什么不同。

罢了罢了，又是成绩。我自嘲地笑笑。

走出教室，我感到与这阑珊的春意沆瀣一气，看来在这个五月走到尽头的，不只是春天。我阖上双眼，感受暮春无处不在的忧伤气息浸润我的肌肤，渗入我的身体，植根于我的骨髓。如果说这个五月除了失败之外还给了我什么的话，那就是平静。

我坐在路牙子上，回想这次考试，宛如一场碎落的梦，当初满怀憧憬、踌躇满志的样子，现在想来真是可笑，那些复习至深夜的日子和夜晚幽幽的孤单灯影却在我眼前幻现出清晰的色彩，我开始怀念，那些希望与压力并存的日子。

或者说，怀念春天。

可是春天已行将就木，我所紧握的一切都将化为一抔黄土。正如刘慈欣所言，天下没有不散的筵席，一切终有个尽头。

难道就该这么庸碌地结束吗？就像时间结束春天。我痛苦地捂住脑袋，感到前额疼痛欲裂，这条曲折逶迤的路又一次使我万念俱灰。我感到恐惧，不仅是害怕失败，更是恐惧未来。我一次次奋力向前，犹如逆水行舟，是否终将被一次次推回原点，被挫折推回过去。

五月，在那个庸常而困顿的日子，我倏然听见时间的地铁驶离春天的声音，恐惧与希冀在我内心激荡出车轮碾过轨道的轰鸣。

也许掌纹和铁轨一样，曲折蜿蜒，象征着命运，我无力改变，但我绝不能放弃抗争，放弃那些绽放在心中的春色。

时间流逝的声音使我觉醒，和它相反，我从来没有放弃过春天，我将沿着这条曲折的路途逆流而上，用桨击碎命运的浪涛，也许我将被推回，也许我将失败，一次次的。但我不会放弃对未来的开拓，在艰难中萌生的希冀。

眼前倏地明朗。百鸟啁啾，碧落朗然入目。一切没什么不同。

我知道我该做什么，哼一首我最爱的*April Sky*，或是孑行在曲折的小路上赏赏春芳，又或是坐上一班驶离春天的地铁，聆听时间车轮的滚动……

当撩人温存的风拂过我脸颊的霎时，我发现我从未如此接近春天。

杂文

喧嚣方显坚守

生活如一潭漾着波澜的水，繁华之中倒映出喧嚣、浮躁，有人随波逐流，这无可厚非，但若能在这喧闹中守住心中的一方净土，便显得难能可贵。

诚然，过一种宁静的生活，坚守高尚的道德，意味着舍弃许多东西。孟子有云：鱼与熊掌不可兼得。选择了精神的安适，势必将失去许多物质的享受，正如《芳华》中的刘峰，依然保持着过去无私的品格，最终潦倒一生。

但他那种近乎老派的与时代格格不入的对美德的执着，却使我们湿了眼眶，料想这世间最倔强的坚守，也莫过于如此吧。坚守，意味着舍弃。

尽管如此，仍有无数人选择在浮躁的现代生活中，保持心中不变的底色，这到底是为什么呢？

我想，只因坚守，意味着心灵的满足与安适，诚如王小波在《万寿寺》中所写："一个人只拥有此生此世是不够的，他还应该拥有诗意的世界，对我来说，这个世界在长安城里。"书本中虚构的长安城，也成了王小波对文学执着追求的写照。他一生籍籍无名，但他却没有放弃对文学的坚守，写下了后来脍炙人口的《青铜时代》《白银时代》《黄金时代》三部曲，奠定了自己在中国当代文坛不可撼动的地位。对自己所热爱的事业的坚守与追求，往往能使我们战胜物质上的困难，感到心灵的安宁与满足。可却有一些作家在喧嚣的社会大潮中迷失了自我，本末倒置，正如曹文轩讲过的一个故事，一个作家问他为什么自己的书拥有了凶杀暴力等一切流行元素，还没有畅销，究其原委，还是利益蒙蔽了他的双眼，为了畅销而写作，永远无法得到文学的真谛，只能在喧嚣之中，患得患失，自怨自艾。

由是观之，坚守安宁让人得到精神上的快意，那么我们该如何在愈渐喧闹的社会中保持自我，又是一个值得探讨的问题，我认为坚守自我是一种人生态度，而非一种形式。古语有云："小隐隐于林，中隐隐于市，大隐隐于朝。"隐士对宁静的追求，不仅在于寄情山水，更在于出淤泥而不染。在朝堂上，仍能坚持自我，才是至高境界。相反，古时有许多文人，见朝廷提拔隐士，便纷纷到终南山隐居，借以走上仕途，得到升迁，由此诞生了"终南捷径"一词。可见，此隐非真隐，只是醉心功名之徒当官发财的捷径罢了。真正的坚守绝非如此，所以我们不必拘泥于形式，以此沽名。

"这是最好的时代，也是最坏的时代。"如《双城记》中所述，现代社会的喧嚣为我们带来了充裕的物质，但我们更应在时代中坚守心中的宁静，方能做最好的自己。

羁绊与逃离

　　人似乎生来便有着逃离的欲望，我们自降生起，就在不断挣脱母体的束缚。对自由的渴求伸长出枝蔓，却鲜有人能触及天空，只因我们扎根太深，谁也无力拔除。

　　对现代人类而言，城市便是我们扎根的土地，我们生于斯长于斯，在这里爱恨生死，却又梦想着逃离。究其原委，我想正如一位作家对柏林的描述："这座城市的中心是一片黑森林。"钢铁森林的本质，是一片荒漠，正如霓虹剥除了光纤，只剩下冷酷与凄伤。我们和数百万人擦肩而过，繁华倒映影成孤独，这使我们渴望一种本真的生活，渴望逃离。

　　离开城市的人拥抱自然，仿佛是一件天经地义的事，就像羁旅的游子回到了母亲的怀抱。但我们都是社会的产物，根系在钢筋水泥之间盘根错节，早已扭曲了自然创造我们时的面目，仿如脱不开的羁绊。但我们再也无法做到如梭罗一般纯粹的逃离，在瓦尔登湖旁与世无争著书立说，城市有太多东西令我们厌恶烦恼，但有更多我们留恋的东西。仿佛地心引力，在里面隐隐地埋下一个坐标，无论我们走多远，将触手伸到多高，终将稳稳地落回。自然母亲与我们终究也只能是久别重逢几近陌路的人，偶然相遇寒暄，尔后匆匆作别。

　　由是观之，那些口口声声讲要"逃离城市"却又拿起手机的人不过是说笑罢了，那个小小的匣子里装有我们太多的羁绊，家庭、事业、友谊，无一例外地，它们属于城市。

有太多系挂的人走不脱，可终究有走脱之人，只因放下了牵挂，正如电影《东邪西毒》中洪七公离开前欧阳锋劝他，"不要去想山后面还有什么，那儿还是一片大漠。"但洪七公还是走了，其实欧阳锋是羡慕他的，可以了无羁绊地离开，而不像他自己沉湎于往日的爱恨，在漠北黄沙中虚掷光阴。

但无牵无挂之人少之又少，我们谁也不能像卡尔维诺《树上的男爵》中的主人公一样一辈子待在一棵树上永不涉足人世。珍惜自己所爱的一切，在浮躁的社会中追求心中的一方净土，方为难能可贵。也许我们无法逃离，那就在羁绊中挣扎出一个更好的明天吧。

成长需要挫折

午后闲坐，于书桌前遐想，不觉中，想到我这十数年人生，和许多00后一样无忧无虑地度过，不禁发问：

和前人相比，物质条件优越，究竟少却了什么？

答案或许很多，但我以为挫折最佳。

谁不希望人生一帆风顺地度过，但终也是想想而已。人，都会遇到挫折。百度百科对"挫折"一词的解释是："挫折是指人们在有目的活动中，遇到阻碍人们达成目的的障碍。"那么为什么国难当头、烽烟四起的乱世之中，仍屹立起不朽的大师，出现不朽的作品。

对此只有一个解释，挫折在一定程度上是有利于人的成长、发展的，也就是说：成长需要挫折，只有被重重地击倒，才有可能会屹立不倒。

成长需要挫折，因为挫折能让人冷静。唐宋八大家之一的苏洵，年少时游手好闲，不思进取，25岁时开始读书，但依然玩心不死，并不努力，只仗着小聪明勉强混日，直到第一次应乡试落第，才使他从梦中惊醒，他搬出往日写的文章，细读后叹道："吾今之学，乃犹未之学也！"从此发愤读书，终成一代文豪。由此可见，挫折固然暂时阻碍了你的发展，使你停步，但你也因此冷静下来，可以去思考自己的不足，以此为戒，努力完善自己，为下一次向成功冲击做好准备。"暂时的失利，比暂时的胜利好得多。"哲人阿卜·法拉兹的话不正是讲述了这个道理吗？

成长需要挫折，因为挫折使人收获宝贵的经验和道理。在我们成长的道路之中，经验的积累万分重要，而获得经验的途径，也十分广泛，但唯有"血的代价"才能使人刻骨铭心，永生难忘，并再也不会重蹈覆辙。"卧薪尝胆"的故事想必人们都耳熟能详，"三千越甲"为何"可吞吴"，这和勾践的改变不无关系，从兵败国亡的俘虏，到灭吴称霸的豪雄，在囚居于吴地的日子里，他学到了很多，也忍受了很多。苦难使他学会礼贤下士，重用人才；仇恨使他双目炯炯似火。这两个因素使他最终后进而勃发，复仇称雄，傲然于青史。如此说来，苦难所带来的教训和道理，也未尝不是一笔宝贵的财富。

　　成长需要挫折，因为挫折使人奋起。挫折所带来的剧烈苦痛并不能击倒顽强的人，在绝境之中，有人选择回头，任黑暗湮没自己的背影，但更有人从困境中崛起，并借挫折和失败的打击爆发出火山般强劲的力量，并因此创造出一个自己的世界、一个伟大的世界，他们不但赢得了人们的尊重、历史的褒奖，更是无愧于自己的初心。贝多芬、司马迁、奥斯特洛夫斯基……这一个个闪耀史册的名字，不正是在告诉我们：

　　"既然黑暗出自失败，那就让英雄从挫折中起来！"

　　如此想来，我们是幸福的一代，但同时又少却了多少美好的撼动灵魂的力量。在彷徨之中，我们或许会绝望，但当柳暗花明的时刻到来，谁也不会忘记那些曾给予自己力量的友人——挫折。或许多年之后，想想今日，想想曾经，也只会笑道：往事多挫折，却如梦美好。

留取心间"信"字

一

　　关于"诚信"，自不必多费口舌，作为一个词语，它牢牢扎根于中华文明的每一个神经末梢之中，流淌在中华大地的每一滴血液里，长久地搏动着，支撑起这个古老民族的圈圈年轮，连接着它所有的伟大和衰弱。

　　在我看来，只有它有资格，没错，只有它，有资格去铭刻一

个民族的远年回首，也只有它，有能力笑看千百年风雨，肩负住
一个文明的未来。

二

"诚信"，在我心中，是整个中华民族传统价值观的核心，
为一切美德之基本，就如古人有云："人无信不立。"

如果说"诚信"之"信"是一种坚贞的人格坚守，那么
"诚"便是一种为人的态度，这看似简单的二字组合，便集成了
每个中华儿女的立身根本。想来也是，若失掉了信任，那就算是
完人，也无用武之处，任何的学识才能，品德便无人问津，无处
可用。此等悲景，也或出于种种其他因素，但却往往源于信的丧
失。可能那些怀抱踌躇却因取信无处而郁郁不得之人，永远无法
理解这小小的"信"字，竟可怖若此！只余留窗前愁步，倚杖叹
息而已。

最伟大、最真切的道理，往往源于最质朴的平凡。

三

就此看，在生活中，人们常常不能正确理解"诚信"的本
质，将其推崇为美德，有人却并未践行，却殊不知束之高阁有时
就是抛之脑后。

于是开始怀念汉初时一个名为季布的侠士，不诺则已，得人
一诺必倾力完成，若以一己之力难以办到，便决不轻易许诺，使
当时人们在仰望他的伟大人格的同时，也不禁感叹：

"得黄金百，不如得季布一诺！"

这便是"一诺千金"的由来。

生活中也常常听到类似"诚信是金"的语句，心中却有些无奈，殊不知诚信无价。若极力用我们熟知的"高贵"以此抬高诚信的"地位"，反倒是对诚信的贬低，诚信的价值当在于生命中的点滴体会，代代累积，屹立千年不倒，而那金银珍宝，却已悉数湮灭于历史烟尘，终为尘土。

四

少时总觉得无信之人几乎不可理喻，年岁稍长后，才知绝非如此。

近些年，食品安全问题层出不穷：毒奶粉、毒塑料盒、地沟油猖狂一时，一时人心惶惶。而个人信贷问题也层出不穷，如个人、企业法人等与银行建立信贷关系后，失信的现象屡见不鲜，而一旦失信后，就会被银行列入黑名单，不能再办理贷款等，更严重的还有诈骗，造成了集体财产的重大损失，也让自己付出惨痛的代价。这一切的冒险失信行为，究其最终源头，都指于一字——利。

世间纷杂冗乱，唯利是图者比比皆是，这种种行为，既使人心疼，又使中国这个携一"信"字一路坎坷千年的古老国家蒙羞，终于无奈了，一个"利"字，竟促成了千万人对古老的遗忘，对伟大的背叛。古老的诚信铭文，先秦百家在人格深处的远年呼喊，正渐渐静默了吗？或是真正无奈了，只余留叹息。

五

此时，正值午后日盛，在日影斑驳下，阳光的轻抚使我忽地惊醒了，我感到浑身炽热血液的搏动，这里，流淌着中华民族最纯洁的伟大，是的，留取心间"信"字，留住这最古老的纯净。任他世间冗乱，独行人世把红尘踏。

诗歌

远远的山

青蓝色
无垠的风
冲淡
天空的色彩

托起一片
湿漉漉的
沾着泥星儿的森林

我说
给我一座山

云朵
没有回家
冰冷的阳光
伸进大地的手掌

小小的松果
在做梦

嘴角流淌着傻傻的笑

小溪，很安静

我说

给我一座山

青青的燕儿

瞩望

她的航向

长长的流星

投向奔狂的大洋

我的小舟

悄悄睡去

在波心蹿起泡泡

我躺着，看闪闪的月儿

我说

给我一座山

夜晚的垂暮

拉开

星星羞涩地登场

她们不知道

小小的绿螳螂

痴痴地仰望

孩子，忽闪着眼睛

嬉戏

在银色的海洋

我闭上眼睛

一座山

夜风

不说话

他唤醒青色的村庄

灰色的乐手

哼唱

古老的民谣

大地的邮差

叩响门窗

送一缕五彩的清芳

我的根须

触摸着泥土末梢

伸长

远远地歌唱

我说

给我一座山

浙江少年文学新星丛书

第六辑

浅浅地

点缀着白花的浪

淘洗着

我心中的贝壳

我想，用荧荧的星炬

把粲然的梦影

点亮

雨中白洋河

雨中

朦胧的斑驳里

我感到，正站立于一片温热的土地

炙热的情　舞动的——心

浅蓝的风，将我吹起

我是那样轻，就这样

躺在你舒软的怀抱里

缓缓合上双眸

细细咀嚼这湿润又清新的气息

那样静谧　醉心于鸟儿的啼鸣

留恋雨中的　你的怀抱

我只愿调皮地躲藏在树儿的垂枝里

不小心触到浅盈盈的碧水

惊扰了那安睡的小鱼

云儿笑了，把你唤起

我看见你那——莹莹的眼睛

你的眼里

仿佛闪烁着慈爱

就像你用微屈的手臂

把我们拥入你的怀里

就像捧住掌心的宝贝

你的眼里

仿佛显出一丝恬静

徐徐展开秀美的笑靥

默默绣着手里的纱巾

任雨丝尽情依偎

你的眼里

似乎充满着希冀

就像东海的浪花

凝望崭新的每一天

点亮这座小城的繁星

呵，就是这里

就是这片柔情的茵茵绿地

你曾无言地承受，强悍的飓风

默默地抚育，那些愈走愈远的孩提

在落满碎花的小径

在浸润麦香的田地

洒下你的呢喃　你的芬芳

我远远地看到，你微合的眼睛

抹白的天空，轻摇着的躺椅

你怀中的小树

仿佛哼唱着谣曲

微拱的斜桥畔

崛起了高楼　点染了湿地

你的影子，在河水的倒影里

将时光轻柔地淘洗

雨后

闪烁的彩霞中

我感到正立于一片温热的土地

愈发炙热的情　愈意舞动的——心

致木棉

指顾之间
时光残缺了五月
我遥望你
在江南的水田畔
纤袅

春帷将阖
我的痴心不改
簇拥着
百花鲜妍的
窈窕

你是
春光灿烂的娇女
玉立亭亭
傲立于坍圮的颓墙剥落
我在仲春的烟雨中
困顿孑立

若我必将爱上你

我定会爱你的全部

爱你

繁花似锦的年华

爱你

料峭风中的残影

即使

你的乱红飞落

即使

时间消瘦了

你的倩影

可在寒凛的季节

你枯弱无力

我却不能

揩去你的泪水

梳捋你

干枯的发梢

抚慰你

残损的心

又到三月的

春帷初揭

我只有

一睹你的媚秀
或是
一笑会心

我明了
正如我
无计留春住
我更
留不住
你的心

榕树

我看不到你
听不见你的声音
我知道
你躲在不远的榕树下
正笑着

它伸出长长的手臂
护住你
挡住我

我不想靠近

也害怕看你

我的心

像玻璃

必须小心地捧起

我知道

你的心里

住着一个王子

会帮你盘起长发

为你做暖暖的番茄面包

带你躺在云端

做繁星点亮的梦

唱一支

燕与莺的歌

我知道

我只能

在漆金的小木盒里

留下你浅浅的笑

勾勒

你渐渐模糊的面庞

拨开沙土

埋进

时光的山冈

我希望

找到一座明天的桥

穿过光阴

流淌

我看不到你

听不见你的声音

我知道

你躲在不远的榕树下

正笑着

阳光

阳光

喜欢冬天

掀起

羞涩的窗帘

哼唱那

雪白的歌

它织成暖黄的薄纱

拥住银色的新娘

点缀她

闪耀的光华

它发现枯树的绿叶

只为那短暂的春天

它高兴

它生于蓝天

终又归于大地

它含笑着

穿过厚厚的窗

瞧见

小小的孩子

正张着大大的眼睛

好奇地看着

牧人

我

在牧场

收集着花香

和暖暖的阳光

我
热爱这一切
就像我爱你
爱这片牧场
我怕
怕失去了
花坛里的笑声
怕再抓不住
暮日的彩虹
更怕
你走了
远远地
不回头

可
我知道
你终究站在
纯白的窗台上
在我的小盒子里
装着
小花的梦想

等着我

踏上青灰的石板

弄堂的房柱

回来

走进

你的心

我想

在雕花的木窗边

将你找到

把你

带到我的牧场

陪你网住无形的风

陪你

倾听月下的瓦房边

繁星的歌唱

我会

用薄薄的晨雾

为你织轻盈的衣裳

将无边的金钩

锻一支

你最爱的箫

听你吹海水拍击金滩的夜曲

闻你奏

短短的惆

浅浅的怅

我愿
梳起你长长的黑发
把眼睛
镶在夜空的幕布上
远远地闪动着
看着你
点亮我的夜晚
让它变得
和每天一样

我
在牧场
收集着花香
和暖暖的阳光
我等待
一片繁星
一弯月亮

雪

斑驳的天空
我看她
缓缓地抬起头
又害羞地
用轻盈的纱
纺一片水幻的盖头

她等着
一只轻柔的手
将它拂去
抚摸
她苍白的面容
带她
倾听风的歌
雨的呢喃

白色的
纤细的风
驱开那朦状的雾

闪亮的是泪水
早已结成冰珠
淌过云朵的窝
划下山峰栖息的角落

它们嬉笑着
它们欢叫着
缓缓地
降落

先行的天使
融进大地
饰点树林
躲进外婆故事里
童话的桥影

我看见
那点闪着光的泪
多么欣慰的微笑
我听见
小小的孩子喊着
下雪了

银河

我

离这个世界很远了

我想

我也许再回不来

我想

我是躺在

浅浅的溪流

触摸头顶

点点的星

天空的幕布

五彩

闪烁着无数

我的梦

我的牧场

我曾

陪过成群的羊

看着
它们缓缓咀嚼
青青的草
漂白的浓雾
没住山峰
高傲的头

呵，这世界太大
可我的梦太小
她只是
一片青青的碧草
一条潺潺的溪流

如果可以
我
会在繁星之外
把你找到
做银色河流里
漂泊的小舟

无题

流水是行云的伴侣
他们牵着手
走着

流水终会汇入海洋
行云也注定了
化作雨珠
他们不后悔

他们行走
因为他们注定了不会停留
害怕走失了时光
害怕被铭刻在懦夫的脊梁

他们行走
因为他们不怕
不怕狭窄的石谷
不畏暴虐的飓风
山谷冲荡着激流

暴雨刷洗尽污浊

他们爱笑

爱在阳光下

讲自己的故事

他们行走

因为他们的誓言

曾立于山巅的盟约

"带我

去世界的尽头

一起看日出"

可

他们终究走了

消失在小道的岔口

分道扬镳

远方浅浅的马蹄

可是你

在呼唤

一个新的未来

"带我，一起看日出"

流水是行云的伴侣

他们牵着手

走着

雾中雨景

大地

沉沉地睡去

我听见

喃喃的梦语

她在哼唱着

山云水雾的歌

天空拾起

他柔软的被

缓缓地

覆盖他的爱人

每一寸肌体

我听到

梦中的

轻轻的喘息

浅浅的笑声

融进

春天的热泪里

姑娘

静静地笑着

她悄悄抹去

脸颊上的泪

她想

留给梦中的母亲

一片没有哭泣的

浅笑的蝶群

大地睡着

做着没有泪水的梦

她梦见

自己的儿女

在苏醒

她等待

春天的第一声哭啼

把自己

唤醒

浙江少年文学新星丛书

第六辑

我的心情

我的心

是透明的

没有颜色

我的眼睛

是一支画笔

把我所看到的

染上我的心

它会变蓝

因为我看到

远远的天空

披上白云的斗篷

它会变绿

因为我看到

浅浅的黄毯

蹿起三月的女儿

它会变白

因为我看见

一个白衣的女孩

她会笑，轻轻地走远

它会变得五彩

因为我看到

春天下凡

托尔斯泰

森林

是坟墓

埋葬着

绿色的老人

没有诵经者

只有轻轻的鸟鸣

没有牧师

没有挽歌

只有浅蓝的香

妆点坟头

远远地

高大的树木

生长着

他知道

这里住着一个天父

永远地睡着

画家

我拿起画笔

涂抹着我的天空

我要用我爱的色彩

点亮我盛装的花园

可我不敢

不敢

泼洒我的色彩

我只能

小心地使用

你的爱

我小心地捧住

你颊边的泪水

汇成瑟瑟的清泉

它渐渐淌过我的心

抹去曾经的誓言

渗出我的指尖

你远远地

再无了踪影

迷离的阳光

胡乱地烧烤着

焦黑的面包

我的笔

没有了生命

我的世界

重复着日夜

循环着黑白

我想去

去远方

离开黑白的世界

找回五彩的指环

脸庞的泪早已干涸

枯瘦的河床

画笔鬓边

泛上白霜

它在一边的角落

忍受着灰尘的束缚

回忆

昨日的孤独

我将

重新拾起

它苍老的手

梳理它斑白的笔头

收起泛黄的纸

灰白的画夹

在太阳消失的晚上

出发

向着地平线上

金色褪去的方向

撑一把油纸伞

挡住眼前茫茫的夜

蹒跚的小道

曲折地扭动

缓缓地伸长

延向金黄的沙滩

伸向无垠的海洋

听

是谁在鼓掌

路边的丛草虫儿

轻轻地嬉笑

善解人意的萤火虫姑娘

带来一片灯光

暖洋洋地

流淌

远方的群山

在笑

它们说

是的

就在不远方

轻盈的风

闪着莹莹的月光

她拂去

我苦涩的彷徨

清白的水

流过山石坚硬的棱角

我坐在溪边的石矶上

洗净我的画笔

我的手

它褪去黝黑

泛上红润的

心跳

我的心

会留在我的世界

那里有我的天空

我的色彩

有阳光

有染红天空的霞

有我爱的

你

读史有感

青蓝色的大洋

没有流淌

有我们的胸膛

小小的大陆

不知道

外头的世界

烟球

爆炸

在虎门的金沙上

它们唤来

可憎的强盗

远远地传来

那珠江的炮响

是英夷的坚船

在碰撞

虚掩的朽门

听，那是

关提督

倒在清白的血旗上

腐朽的木门被冲毁

伴着阵阵狂笑

血色的烟尘

被当作

火车的号角

可笑

大陆就那么小

大陆看不到

总兵的新庙

浙江少年文学新星丛书

第六辑

把裹尸的忠魂

埋葬

小小的县城

流淌五千带甲

不屈地吼叫

一品的顶戴

染红流芳的碑文

惨白的禁城

不会鸣礼炮

是的，大陆

就这么小

火车的号角

是红色的

在长江

流淌着

大清的捷报

自首

我喜欢
风
那是暖洋洋的
没有雨
做我的小舟
我只好
做梦
没有影子的尽头
尽是虚幻晃动

我想搬走
带上我爱的风
可它被黏住
不能动
它苦笑着
被大地凝固
做了囚徒

我不能走

也不敢

用时间去作赌注

没有钥匙

我把自己上锁

在心的牢房

大漠

钟声

响了

它在讲一个故事

叫远方

远远地

我听到

黄沙的笑

没有归雁

春天还没到

沙海

没有晚上

只有黄昏

风嚣张地吼叫

沙尘不会安睡

它们要用黑白

把无名的忠魂

埋葬

大漠

没有故事

他只会

把古老的长戈遗忘

不知何处

枯树声声嘶哑地鸣叫

他记得

无数回头

降下

又升上

刀光和剑影

悉数做这大漠的陪葬

有一个年轻的魂魄

长眠在自己的怀抱

带着他的红袍

老树

他不会忘了

钟声不再响

浙江少年文学新星丛书

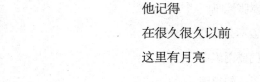

第六辑

他记得

在很久很久以前

这里有月亮

他记得在很久很久以前

这里是一片牧场

大漠没有故事

他只是把自己

埋葬

梦曲

梅雨的

青灰色

是我的家

雨色的炊烟

是我的浅梦

夏天

没有雾

戴着放大镜的世界

细细观察

乡村的毛孔

青色的水道

小舟

荡漾在心波

心里的家

是水乡

云

白色

纯净得可怕

天空无言地遮住脸

他想哭

没有本色的吉他

没有歌声

世界是黑白的

听到风

风

黑白色

浅浅的
晕红的天

呼吸声
来自大地
天空在啜泣
无奈的是云
他是受气包
便没有争吵

当

当我睁开眼睛
睡意跑远了
把灵魂唤回家

远处的风烟
是灰色的长发
早上没有太阳
她在照镜子

云

不会加快

缓慢的步伐

"快点……"我喊

没有人回答

云朵只会傻笑

他们没有家

不知名的燕儿

你可是

贴纸上彩色的画

从远远的海边

带来轻快的风

呼——

大地长长地出了一口气

他刚醒

正翻动身体

悄悄地

怕扰了

树蛙的寒假

太阳发现

她迟到了

羞红了脸

抱歉地笑着

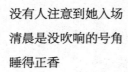
没有人注意到她入场

清晨是没吹响的号角

睡得正香

当我

睁开眼睛

当我

闭上心

蒙上窗

不知是谁

吹响了

清晨的长号

夜读

洁白的光

泼洒

漆黑的墨

指缝中的笔

弯曲了的书桌

泛黄的纸页
沙沙地
烙上无名的印

憨笑着的楠木盒子
躺着困倦的笔头
浅蓝的影子徘徊着
找寻黯淡的角落
凝固了
无形的风

不远的远方
仿佛亮起金黄的灯
那样明亮
那样闪烁

窗景

绿框的小窗
切开
高高的楼
矮矮的房

染上
浅浅的阳光

蓝天笑着
悄悄退向远方
彩灯下的黄地毯
静静的影子上
栖息着
金黄的蝶群

小瓦房很亮
它的檐下
青绿的小姑娘
正悄悄地笑